그곳에는
어처구니들이 산다

●일러두기

이 책은 1994년 출간된 『그곳에는 어처구니들이 산다』의 개정판이다.

그곳에는
어처구니들이 산다

성석제 소설

문학동네

차례

웃음소리

우리나라 사람이 쓴 책에는 웃음소리를 직접 인용한, 형용한 대목
이 적다. 특히 진지하고 순수한 소설일수록. 그나마 자주 나오는 것
은 미소. 미소짓다, 미소를 흘리다, 소리 없이 웃음짓다, 웃음을 머금
다, 빙그레 웃다 등으로 아까울 것도 없는 웃음소리를 아끼고 있다.
웃음을 터뜨리는 것이 점잖지 못하다고 여겨서인가. 그래서 감정 표
현에는 점잖은 소설과는 비교할 수 없이 솔직한 만화를 대상으로 웃
음소리를 찾아보았다. 웃음소리가 가장 많은 소설을 쓰는 것을 목
표로.

1) 숨을 모아 한꺼번에 내보내는 소리에 가장 가까운 ㅎ 자음에 다섯 모

음을 결합한 형태. 빈도수가 가장 높다.

하하, 허허, 헤헤, 호호, 후후, 흐흐, 히히.

  2) 1)의 경우에 ㅅ을 결합, 강조한 것.

핫핫핫, 헛헛헛, 헷헷헷, 호호홋, 후홋, 훗훗, 힛힛힛.

  3) 1)의 경우에 웃음에 충분한 숨을 만들기도 전에 튀어나오는 웃음소리

를 형용한 것. 목적이 있는, 억지웃음에도 쓴다.

아하하, 으하하, 와하하, 어허허, 에헤헤, 우후후, 으흐흐, 이히히.

  4) 파열음 ㅋ, ㅍ을 ㅎ 대용으로 쓰고 있는 경우.

카(크)하하, 크카카, 카카카, 크크크, 파하하, 푸(프)하하, 푸후후.

  5) 몇몇 작가만이 쓰고 있는 경우.

우후훙, 후아, 헐헐헐, ㅎㅎㅎ, ㅍㅍㅍ.

  6) 헛웃음, 냉소.

피식, 픽, 푸시시, 피시식.

  7) 실제로는 들을 수 없으나 문자로는 쓰는 경우.

10

깔깔깔, 낄낄낄, _끄끄끄_, 깔깔깔, 킬킬.

8) 위의 경우를 모두 이용하여 만든 간단한 소극(따라 읽는 것이 효과가 큼).

하하…허허…헤헤…후후…흐흐…히히…핫핫핫…헛헛헛…호호
홋…후훗…훗훗…힛힛힛…아하하…으하하…와하하…어허허…에
헤헤…우후후…으흐흐…이히히…우후훙…헐헐헐…푸하하…푸후
후…ㅎㅎㅎ…ㅍㅍㅍ…피식…픽…푸시시…피시식.

9) 응용(반드시 따라 읽어야 효과가 있음).

하헤히호후후히힛헤헤이히히픽아하하하하하하오호호호호호호
흐흐흐흐흐히힛혜헷으호ㅇㅇㅇㅇ이아와으이호훗흐헷훗훗핫헐헐헐핫
핫핫피시시.

비명

우리나라 사람이 쓴 책에는 비명소리를 직접 인용하거나 형용하는 대목이 적다. 특히 진지하고 뛰어난 문장으로 이루어진 소설일수록. 죽음에 임박한 순간의 비명, 단말마적 비명은 찾기 어렵다. 그래서 한국 소설을 읽다보면 한국인이 매우 조용하게 숨을 거두는 것으로 오해하기 쉬운데 실생활에서는 그렇지 않다는 것을 아는 사람은 다 안다.

다음은 만화와 만화에 버금가게 친절하고 사실적인 사례에서 가려 모은 단말마적 비명 모음. 이 소설이 이제까지 우리나라에서 나온 어떤 소설보다 단말마적 비명이 가장 많이 나오는 소설이 되도록.

1) 끄으윽

임종시 숨이 넘어가는 소리. 이승에 미련이 많은 사람의 비명.

2) 끅

임종시 숨이 넘어가는 소리. 이승에 미련이 적은 사람의 비명.

3) 끽

'끽소리 없이 죽다'에서처럼 '끽'은 소리 없는 죽음을 묘사할 때 쓰였으나 요즘은 음가가 생긴 듯함.

4) 꽥

짐승, 그 가운데서도 집짐승인 돼지의 비명소리에 자주 쓰이나 그에 맞먹을 정도의 짐승 같은 사람이 죽을 때 내는 비명으로 쓰임.

5) 으악

빈도수 높음. 단말마적 비명의 대표격.

6) 아악

빈도수 높음. 5)의 여성형으로, 또는 고통을 호소할 때도 쓰임.

7) 우욱

고통을 참으며 죽어가는 자의 비명.

8) 으윽

고통을 참으려고 할 때 나오는 비명. 이런 비명소리를 자주 내다가는 이가 성치 못할 것이고 대체로 '아악'의 단계를 거쳐 '으악'으로 생을 마치는 경우가 많다.

9) 짹

참새가 죽을 때도 '짹' 소리를 내는 법. 그런 상태에 있는 사람의 비명.

10) 찍, 깩

쥐처럼 작은 동물이 탱크처럼 육중하고 강한 물체에 깔려 죽을 때 나올 법한 비명. 그에 가까운 상태에 있는 사람의 비명.

11) 흐흑(또는 흑)

갑자기 죽음을 맞이한 사람이 많이 내지르는 비명.

12) 흑

11)의 경우와 비슷하나 폐활량이 조금 더 많은 사람이 내지르는 비명.

13) 힉

놀라 죽을 때의 비명.

14) 인류 역사상 가장 짧은 비극(따라 읽을 필요 없음)

끄으…윽…끅…끽…꽥…으악…아악…우욱…으윽…쨱…찍…깩…
흐흑…훅…힉.

15) 인류 최대의 비극 제2탄(부탁이니 소리내어 따라 읽지 말 것)

힉…훅…흐흑…찍…쨱…으윽…우욱…아악…으악…꽥…끽…끅…
끄으윽…윽…끅…끽…꽥…으악…아악…우욱…으윽…쨱…찍…흐
흑…훅…힉…끄으…윽…끅…끽…꽥…으악…아악…우욱…으윽…
쨱…찍…흐흑…훅…힉.

먹는다

땅에 적당한 크기의 원을 그린다. 원을 따라 철망을 세우고, 세 마리의 뱀을 집어넣는다. 먹이를 주지 않는다. 철망 속으로 먹을 것이 떨어지는 일이 없도록 지붕을 만든다. 바닥을 단단히 다져서 길 잃은 두더지가 들어오지 못하도록 한다. 기다린다, 뱀이 서로 먹을 마음이 나도록.

한 마리가 배가 고파진다. 돌아보면 먹을 것이라곤 뱀밖에 없다. 뱀은 알고 있다. 최후의 일각까지는 동족을 먹으면 안 된다는 것을. 그리고 또 안다. 다른 뱀도 그 사실을 알고 있으리라는 것을.

뱀은 배가 고프다. 최후의 일각이 갑자기 다가온다. 그러나 차마 자신을 닮은 얼굴부터 먹을 수는 없다. 다른 뱀도 사정은 마찬가지

16

다. 그래서 꼬리부터 먹기로 한다. 한 마리가 다른 뱀의 꼬리를 먹기 시작한다. 꼬리가 남의 입에 들어간 뱀은 다른 뱀의 꼬리를 문다. 그 뱀은 애초에 남을 먹기 시작한 괘씸한 동족의 꼬리를 문다. 뱀의 이는 목구멍 쪽으로 굽어 있어 한번 삼키기 시작한 먹이는 뱉을 수가 없다.

다른 뱀을 먹는 기쁨과 다른 뱀에게 먹히는 고통으로 뱀의 꼬리는 전율한다. 마치 춤추는 화살처럼 다른 뱀의 목안으로 빨려든다. 꼬리를 먹는다고 금방 소화되는 건 아니다. 또 씹는 법도 없으니 남의 뱃속에 들어갔다 하더라도 아직 멀쩡한 꼬리이며 몸통이다.

뱀들은 숨이 차도록 서로를 먹는다. 찢어져라 입을 벌리고. 드디어 몸통을 먹는다. 평소의 두 배 굵기가 되는 그것을. 뱀이 그리는 원은 점점 두꺼워지고 지름은 짧아진다. 목까지 찼다. 흠씬 두들겨 맞기라도 한 것처럼 뚱뚱해진 목이다.

뱀은 생각한다. 이제 배고프지 않다. 그런데도 내가 마저 배를 채운다면 나 역시 먹힐 것이다. 나를 먹은 이 녀석도 먹힐 것이다. 누구에게? 아무튼 멈출 수가 없다. 저 철망은 무엇을 위한 것인가. 지붕은, 또 이 감촉은. 나의 생은 행복했는가. 그런 때가 있었는가. 그러면서 먹는다. 먹힌다.

철망을 친 사람에게, 구경꾼에게 이해할 수 없는 일이 일어나려 한다. 문득 뱀이 사라지는 것이다. 세 마리의 뱀이.

또 먹는다

    사라진 뱀 세 마리가 있다. 뱀들은 배가 고파 서로의 꼬리를 먹게 된 가여운 존재들이다. 서로를 먹던 뱀들은 어느 순간 느닷없이 한 번도 본 적이 없는 어떤 공간에 내팽개쳐졌다. 누군가의 자비에 의하여(누구일까, 가령 뱀을 목에 두르고 있는 인도의 시바신, 뱀으로 머리카락을 삼은 메두사의 권능?).

    수천의 차원, 시간의 그물을 지나 이 낯선 공간에 왔다. 뱀들은 사방을 둘러본다. 전과 달리 그들을 가두고 있는 것은 없다. 뱀들은 다행이라고 생각한다. 생각? 뱀도 물론 생각할 수 있다. 뱀들은 각각 격리된 채 그물 속에 들어 있다.

    아무도 뱀들에게 먹이를 주지 않는다. 뱀들을 이 공간에 내팽개친

손길도 보이지 않는다. 시간이 흐르고 뱀들은 허기가 진다.

첫번째로 뱀들의 소화를 도와줄 약—소화제라고 하자—이 등장한다. 원래 그물 속에 들어 있던 것이다. 자비롭게도 뱀들을 동족상잔에서 구원한 이는 뱀들이 서로 먹다가 죽을 뻔한 걸 잘 알고 있다. 그물을 경계로 그들을 하나씩 떼어놓았다. 각자 혼자인 뱀, 배가 고프면 소화제를 먹어야 하나. 소화제는 허기진 뱀이 허기를 소화시키는 데 도움이 되는가. 아니라면 무엇을 소화할 것인가. 소화제를 소화하나. 논리야 어떻든 당장 소화제 말고는 먹을 게 없다. 뱀들은 소화제를 먹는다.

그다음, 뱀들은 먹을 것이 그물 너머 있다는 걸 냄새로 느낀다. 냄새란 공기 중에 퍼진 입자로 지각되는 것이다. 이 입자를 한없이 마시면 언젠가는 쌀 한 톨 정도 먹은 것 같은 느낌을 주긴 하겠다. 느낌은 무엇인가. 많이 느끼면 실제로 먹은 것처럼 배가 부를까. 모른다. 뱀들은 알 수가 없다.

꼬리가 먹을 것으로 보이기 시작한다. 생각하면 뱀 세 마리를 한 공간에 넣은 손길이 오히려 자비롭다. 서로를 먹을 수 있었다. 그러나 지금은 제 꼬리밖에 먹을 수 없다. 소화제를 소화한 뱀의 위는 미친듯이 경련한다. 느낌을 소화하려고 뱀의 작은 뇌는 전속력으로 수억 세대의 기억을 거슬러올라간다.

뱀 한 마리가 제 꼬리를 먹는다. 뱀 한 마리가 둥글게 온몸을 만다. 위장에게 먹을 게 가까이 있다는, 가느다란 뼈 몇 개와 얇은 껍질을 지나면 먹을 것이 있다는 소식을 전하기 위해서다. 한 마리는 미친듯이 출구를 찾는다. 출구는 원래 없다. 뱀은 차원과 차원 사이의 틈에 들어 있는 것이다.

제 꼬리를 먹기 시작한 뱀. 먹는다. 먹힌다. 뱀의 길이는 점점 짧아진다. 목까지 찼다. 잔인하구나. 뱀의 이빨은 안으로 구부러져서 계속 삼킬 수밖에 없다. 입이 입을 먹을 수 있는가. 입이 입에 먹히는 그 순간, 뱀 한 마리가 사라진다.

배고픈 뱀 두 마리가 남았다.

교통사고

네거리에서 사고가 났다. 승용차와 덤프트럭이 부딪쳤다. 덤프트럭을 누가 몰았는지는 모르지만 승용차를 운전한 사람이 누군지는 이 읍내에 사는 사람이라면 누구나 안다. 운룡이다, 운룡이.

그는 읍내에서 가장 큰 술집을 경영하고 있다. 그가 경영하는 게 또 있다. 사람이다. 깡패, 노름꾼, 여자. 마약이나 부패 경찰과 연결되어 있다는 소문도 있다. 이 읍내에서 그를 건드릴 수 있는 사람은 없다.

그가 새 차를 산 건 일주일도 되지 않았다. 그래서 직접 운전을 하고 나섰는지도 모른다. 당당하고 우람하며 검은 빛깔의 최고급 승용차. 어쩌된 일인지 그 차를 덤프트럭이 올라타고 있다. 승용차가 밑으로 기어들어갔을까. 사고 순간 덤프트럭이 경례를 하듯 앞부분을 번쩍 치켜들었을까. 어찌된 일일까.

또 어찌된 일인지 승용차에 탄 사람은 빠져나오지 못하고 있다. 문이 찌그러져 열리지 않는다. 삽시간에 수백 명이 모였다. 사람들은 운룡이의 손짓을 보고 있다. 욕설을 퍼붓는 입, 한때 수백 명의 멱살을 잡고도 남았던 저 주먹. 갇힌 것이다, 운룡이.

네거리의 신호등은 평소에는 제멋대로다. 남북으로 가는 길, 동서로 뻗은 길이 교차하는 길 중간에 상처받기 쉬운 위치, 거기에 신호등이 서 있다. 하루종일 한 색깔만 들어오는 일도 있고 세 가지 색깔이 동시에 들어오는 일도 있다. 이 읍내에 사는 사람들은 그 신호를 믿지 않는다. 그래서 조심한다. 남북으로 오는 차가 있는가 보면서 동서로 진행하고 동서로 진행하는 차가 있는가 보면서 남북으로 출입한다.

어찌된 일인가. 운룡이는 신호를 믿었는가. 운룡이가 믿는 게 있는가. 믿는 건 제 주먹이나 제 부하들의 충성심이다. 신호를 믿을 리가 없다. 무시할 수는 있겠다. 무시했을 것이다. 그래서 제멋대로 네거리로 진입했겠다. 아무리 새 차지만, 비싼 차라고는 하지만, 읍내에서 가장 막강한 운룡이가 타고 있기는 하지만, 승용차는 승용차다. 승용차끼리 받아도 무사할 수 없다. 덤프트럭과 부딪치면 어떻게 되는가. 꼴좋다, 운룡이. 고생 좀 하겠다.

덤프트럭은 이 읍내에 초행일 수도 있다. 트럭 운전사는 젊다. 어쩔 줄 모르면서, 손을 비비면서, 세상을 처음 보는 송아지처럼 네거리를 뛰어다니고 있다. 신호를 잘 몰랐을 수도 있다. 이 읍내에 있는 유일한 신호등, 고장나기 쉬운 신호등, 읍내 사람은 아무도 믿지 않는 신호등을 믿고 마구 달렸을 수도 있다. 더구나 승용차를 모는 사람이 운룡인지 아닌지 알 게 뭔가.

경찰이 달려온다. 견인차가 불려온다. 운룡이는 여전히 욕설을 퍼부으면서 문을 민다. 한쪽은 완전히 부서졌다. 운룡이가 탄 운전석쪽은 덜 부서졌는데 발이 끼었는지 무릎이 끼었는지 모른다. 크게 다친 것 같지는 않다. 여전히 사납다. 수백 명이, 어디서 어떻게 알고 모였는지 말없이 지켜본다. 가로수에서 하루 중 가장 짙고 짧은 그림자가 뻗어나와 있다.

경찰은 차 안에 있는 운룡이와 대화를 시도한다. 괜찮은가, 묻고 금방 구조하겠다, 염려하지 말라고 속삭인다. 운룡이는 거만하게 고개를 끄덕인다. 문을 내리치던 주먹질을 멈춘다.

견인차가 덤프트럭에 줄을 맨다. 트럭을 들어올려 승용차를 빼낸 다음 트럭을 땅에 내려놓겠다는 것이다. 언제 달려왔는지 운룡이의 부하들이 팔짱을 끼고 서 있다. 그들의 잔인성, 그들의 단결력, 뭉쳐진 잔인함은 혼자만의 잔인성, 뭉쳐진 정의보다 훨씬 더 무섭다. 군중은 그들의 모습을 보는 것만으로 기가 죽는다. 팔짱만 끼고 있는

데도 공포스럽다. 지켜볼 뿐이다.

트럭이 공중으로 들어올려진다. 천천히, 앞발을 치켜드는 말처럼. 견인차는 힘이 세다. 이 읍내에서 가장 셀지도 모른다. 그래도 운룡이만한 명성은 없다. 그만한 악명은 역사적인 것이다. 견인차 몇 대 가지고 있다고 역사에 기록되지 않는다. 운룡이는 이 읍의 역사에 기록되고도 남는다.

운룡이 부하들의 얼굴이 펴진다. 공중에 치켜올려진 덤프트럭은 우습다. 생식기를 드러낸 말처럼 채신없어 보인다. 아니다, 귀엽다. 이제 승용차를 끌어내면 된다. 운룡이의 부하들, 폭력배, 깡패, 노름꾼들이 우르르 승용차로 달려간다.

그 순간이다, 그 순간. 덤프트럭을 잡아맸던 줄이 풀어진다. 떨어진다, 떨어졌다! 어찌된 일인가. 승용차는 납작해졌다. 망치에 잘못 맞은 못처럼 휘어졌다. 운룡이도 휘어졌다. 산소가 모자라는 물에 들어 있는 금붕어처럼 빠르게 입을 뻐끔거린다. 눈을 감는다.

견인차에서 사람이 뛰어내린다. 그는 운룡이에게 맞아 죽을 수도 있다. 실수라면 그렇게 될 것이다. 고의라면 당연히 그렇다. 얼굴이 파랗게 질렸다. 경찰도 어이가 없어한다. 군중은 말이 없다. 운룡이의 부하들은 입을 꽉 다물고 견인차에서 뛰어내린 사내의 얼굴을 노려본다.

경찰은 큰소리로 사내를 나무란다. 사내는 덤프트럭을 끌어올리기에는 견인차의 힘이 부족하다고 변명한다. 견인차가 안 된다면 중장비를 동원해야 한다. 중장비를 불러오기에는 시간이 없다. 원래는 시간이 있었다. 운룡이가 거만하게 고개를 끄덕였을 때, 그때 중장비를 불렀어야 한다. 지금은 늦었다. 운룡이가 견딜 수 없을 것이다. 견인차에 다시 줄을 맨다. 풀어지지 않도록 고리를 단단히 쥔다. 꽉 붙들어 맨다. 풀어지려야 풀어질 수 없도록.

들어올린다. 들어올린다. 올라간다. 올라간다. 사람들의 고개도 올라간다. 하늘에 흰 구름이 떠 있다. 맑은 여름날씨에 어울리게 깨끗하고 부드럽게 부푼 구름이다. 승용차를 끌어내야 한다. 들어내야 한다. 운룡이의 부하들이 달려든다. 그런데 덤프트럭이, 또 떨어진다. 줄이 끊어졌다. 풀어지든 끊어지든 줄이 견딜 수 없는 무게라는 것이 입증된다. 승용차는 완전히 납작해졌다. 운룡이는 눈을 감았다. 그의 잔혹한 일생이 끝났다.

여자들은 아이들의 눈을 가린 다음 돌려세우고 집으로 향한다. 신호등은 규칙적으로 색깔을 바꾼다. 가시오, 서시오.

다이빙

　다이빙이라면 둘째가라면 서럽다는 친구 둘과 함께 산에 갔다. 둘은 차를 타면서부터 다이빙할 만한 곳을 찾아 두리번거리기 시작했다. 버스는 산을 넘고 숲을 지나 바닷가에서 떨어진 산자락을 한참 올라갔고, 사람이 복작거리는 계곡에 이르러서야 다이빙에 맞춤한 웅덩이가 보였다.

　둘은 짐을 풀기도 전에 수영팬티로 갈아입고 웅덩이로 달려갔다. 웅덩이는 폭포에서 흘러내리는 물로 가득차 있었다. 사람이 많아 물은 흙탕물이 되어 있어서 웅덩이 바닥이 보이지 않았다. 얼마나 깊은지도 알 수 없었다.

　이미 몇 사람이 웅덩이 가운데서 헤엄을 치고 있었고, 웅덩이 가에는 아이들과 아이들을 걱정하는 여인네들, 여인네들을 훔쳐보는 총각들, 총각을 꼬집어대는 처녀들로 바글바글해서 거기에서 꼭 다이빙을 해야 하는지 알 수 없었다. 내가 짐을 정리하고 웅덩이 가로 갔을 때 둘은 이미 웅덩이가 내려다보이는 폭포 옆으로 자리를 옮겼고, 하나가 멋진 맵시로 뛰어내리려는 참이었다.

그는 두 손을 배에 모으고 심호흡을 한 뒤, 하늘을 쳐다보고 아래를 둘러본 뒤 발을 아래로 해서 뛰어들었다. 요란한 물소리가 났고 바라보던 사람들은 다이빙을 한 사람이 물 위에 떠오르기도 전에 솜씨가 형편없다고 결론지었다. 그 논의의 과정에서 생겨난 소리는 이어서 뛰어내리려고 준비하던 친구의 귀에도 분명히 들렸을 것이다.

그는 심호흡을 한 뒤, 두 손을 배 위에 모았다 가슴으로 옮긴 다음 두 발을 엇갈리게 하여 힘차게 뛰어들었다. 왜 머리부터 물에 들어가지 않느냐고 궁금해할 사람을 위해 말해두는데, 깊이를 모르는 웅덩이에 뛰어들 때는 머리가 터지는 것보다 엉덩이가 찢어지는 편이 낫기 때문이다. 웅덩이가 충분히 깊다면 뒤통수로 들어가든 옆구리로 들어가든 상관없지만.

먼저 뛰어내렸던 친구가 물 위로 고개를 내밀고 관중의 평가를 기다렸다. 그러나 모두 외면한 채 딴짓거리를 하는 걸 보고 곧 헤엄을 쳐 내가 있는 곳으로 왔다. 웅덩이는 바닥이 보이지 않으며 발이 땅에 닿지 않을 정도로 깊다. 다음번에는 아주 멋진 포즈를 보여줄 수 있다고 그는 말했다. 나는 당신은 다이빙 선수가 아니고 이 웅덩이도 다이빙하기에 그리 적절한 것 같지는 않다고 말해주었다. 그렇게 말하는 중에도, 이야기가 끝난 다음에도 나중에 다이빙한 친구가 물 위로 떠오르지 않았다.

먼저 뛰어들었던 친구는 열을 내며 다이빙은 용기와 자신감, 모험심이 결합된 뛰어난 운동이라고 말하며 자신은 적당한 높이의 대, 적당한 깊이의 물만 있으면 어디서나 뛰어들 수 있다고 주장했다. 그 긴 이야기가 끝났는데도 나중에 들어간 친구가 떠오르지 않았다.

그래서 나는 다이빙으로 물고기를 잡는 것도 아니고 유형지에서 탈출하자는 것도 아니면서 왜 미친 사람처럼 풍덩거리면서 뛰어드는 거냐, 갑자기 물에 뛰어들면 심근경색에 걸릴 수도 있고, 배 쪽으로 떨어지면 위장을 상할 수도 있다고 하면서 준비운동은 충분히 했는지 물었다. 그래도 나중에 들어간 친구는 떠오르지 않았다.

먼저 들어간 친구는 그건 초보자에게나 해당되는 말이고 자신처럼 수백 번을 뛰어내린 사람은 모든 위험에 대비하고 있다고 말했다. 그래도 그 친구는 떠오르지 않았다.

그래서 나는 물에 떨어지는 순간의 소리와 튀기는 물의 양으로 다이빙의 숙련도를 평가하는 법인데, 아까 뛰어내릴 때는 북처럼 요란한 소리가 났고 튀긴 물은 이 웅덩이를 둘러싼 사람의 절반이 뒤집어쓸 정도였다고 비꼬았다. 그래도 그 친구는 떠오르지 않았다.

먼저 뛰어내렸던 친구는, 그건 이 웅덩이의 상태를 충분히 파악지 못했기 때문이며 이제 대충 알았으니 잘할 수 있다, 다음에는 머리부터 깨끗하게 들어가서 여기에 있는 사람 모두에게 찬물을 끼얹는 듯한 감동을 안겨주겠다고 했다. 그래도 그 친구는 떠오르지 않았다.

그래서 나는, 나중에 뛰어내린 친구를 물속에서 봤는지, 봤다면 무슨 신호라도 했는지 물었다. 먼저 뛰어내린 친구는 보지 못했고 볼 수도 없었다고 말하면서 웅덩이 속은 어둡고 흐려서 바닥이 보이지 않을 정도라고 대답했다. 그래도 그 친구는 떠오르지 않았다.

아직까지 떠오르지 않은 걸 보니 나중에 뛰어내린 친구가 심장이나 위를 다쳤을지도 모른다, 어쩌면 바닥에 누워 구원을 기다리고 있을지도 모른다고 농담을 했는데 그때까지도 떠오르지 않았다.

다른 쪽으로 나왔나 싶어 둘러보았지만 그는 보이지 않았고, 사람들은 여전히 자기들끼리 훔쳐보고 떠들고 꼬집는 데만 열중했다. 몇 사람이 더 뛰어내렸고 얼굴을 내밀어 웅덩이 가로 헤엄쳐왔다.

우리는 그들에게 혹시 물속에서 사람을 보았는지 물어보았다. 그들은 차가운 물 때문에 새파래진 얼굴로 도리질을 했다. 바닥이 보이지 않는다는 것이다. 그가 다이빙한 지 이삼 분은 된 것 같았다. 아니, 오 분인지도 모른다. 사람은 물고기가 아니므로 물속에서 오래 견딜 수가 없다. 물에 빠진 게 틀림없다고 우리는 결론지었다.

먼저 뛰어내렸던 친구는 함께 물속으로 들어가 찾아보는 게 어떠냐고 했지만 수영을 하지 못하는 나는 물을 막고 퍼내는 쪽이 빠르겠다고 제안했다. 물을 막으려면 위에서 흘러내리는 폭포를 막아야 한다. 시간이 너무 걸린다. 게다가 물을 퍼내는 데도 오랜 시간이 든다. 그래도 수영을 배우는 것보다는 빠르다고 나는 말했다. 우선 여기 있는 사람을 모두 동원하자. 사람이 물속에서 익사 직전이라고 양해를 구하자. 아니, 그 말을 들으면 도망칠지도 모르니 결혼반지를 잃어버렸다고 하면 어떨까. 황금으로 테를 두른 5캐럿 정도의 다이아몬드 반지이며 둘레를 루비로 장식했다고 하자. 찾아주는 사람에게 루비를 모두 떼어주겠다고 하면 될 것이다. 아니, 다이아몬드만 준다고 하자. 한꺼번에 몽땅 잃어버리는 것보다는 루비나 황금이라도 건지는 게 낫잖은가.

내가 손나팔을 만들어 군중에게 다이아몬드 이야기를 하려는 순간, 나중에 뛰어내렸던 친구가 물뱀처럼 물살을 가르며 우리 곁으로 왔다. 그의 얼굴은 추위로 새파랬고 호흡은 말할 수 없이 거칠었다.

"어떻게 된 거야?"

그는 자신이 물속에 뛰어든 그 순간 팬티가 벗겨졌다고 했다. 그래서 찾아 입으려고 했는데 웅덩이 안이 너무 어둡고 흐려 시간이 걸렸다고 했다. 그러나 자신은 바닥을 보았으며 팬티도 찾았다고 했다. 그러면서 연방 손을 움직여 물속에서 팬티를 입었다.

두 사람은 나란히 폭포 옆에 섰다. 그리고 꿩의 울음 같은 기이한 소리를 내며 바닥이 보이지 않는 웅덩이로 몸을 던졌다. 두 손으로 팬티를 단단히 잡고 발을 엇갈리게 하고서.

자전거 나라 1
방문

자전거 나라에 사물연합의 총통이 방문했다. 사물연합의 총통과 자전거 나라 총독은 같은 집안의 딸과 결혼했다.

총독은 자신을 뽑아준 유권자들에게 동서의 얼굴을 보여주고 싶어했다. 총통은 바빴다. 사물연합에는 자전거 나라만 있는 게 아니다. 대포 나라, 오이 나라, 돈 나라, 주먹 나라, 건달 나라, 당나귀 나라 등등이 있다. 그 나라를 한 번씩 다 가다가는 임기 십 년을 모두 길에서 채울 판이었다. 그러나 동서가 총독인 나라는 지상에 하나밖에 없다. 총통은 그것을 잘 알았고 가기로 했다. 가기로 한 순간 경호실에는 비상이 걸렸다.

총통 방문 일주일 전. 선글라스와 양복으로 무장한 사내들이 자전

32

거 나라에 나타났다. 사내들은 일단 경찰청장을 만나 협조를 당부했다. 그 내용은 자기들이 하는 일을 방해하지 말라는 것이었다.

"그게 전붑니까?"

경찰청장은 물었다.

"전부는 아니고 핵심이라는 거요."

사내 중 우두머리가 말을 못 알아듣는 것이 진정으로 안타깝다는 듯이 말했다. 그다음으로 몇 가지 사소한 요구를 했다. 먼저 길거리에 널린 자전거를 정리할 것.

"하하, 불가능합니다. 한두 대가 아니거든요. 통제할 수가 없습니다."

자전거는 자전거 나라의 상징이다. 어쩌면 사람보다 자전거가 많을지도 모른다. 사람들을 다루는 것보다 자전거 다루기가 훨씬 어렵다. 자전거는 말을 알아듣지 못한다.

"자전거를 나란히, 보기 좋게 정리하라는 거요."

요점은 그렇다. 길거리에 아무렇게나 세워둔 자전거들이 보기 싫다는 것이다. 경찰청장은 자전거 나라 출신에다 자전거 나라에서 자라고 자전거 나라에서 살고 있다. 자신도 자전거를 길에다 세운다. 그런데 그게 보기 싫다니. 그건 자전거 나라 주민을 깔보는 언동이다.

"시민들이 말을 듣지 않을 겁니다. 여기서는 자전거가 최우선이

거든요. 사람하고 자전거가 만나면 사람이 피하지, 자전거가 피하는
게 아닙니다. 그걸 이해하셔야."

"계몽을 하시오."

그거라면 건국 이래 계속해왔다고 경찰청장은 말한다. 하지만 전
혀 소용이 없었다고 설명해준다.

"그럼 우리가 하겠소."

사내는 일어서서 가버린다. 경찰청장은 입을 벌린다. 입으로 파리
가 들어가려는 순간 화가 치밀어 입을 다문다.

다음날부터 자전거 나라에서는 소동이 벌어진다. 운동모, 선글라
스, 호각과 완장으로 무장한 사내들이 24시간 시내를 순찰하며 자
전거를 똑바로 세우라고 호통을 친다. 자전거를 세우는 사람들도 완
강하다. 그중에는 아흔아홉 평생 아흔일곱 해 동안 자전거를 세워왔
는데 이런 일은 처음이라는 사람도 있다.

호각과 자전거와 사람들이 숨바꼭질을 한다. 사람들은 세우던 대
로 자전거를 세우고는 도망가버리고 사내들은 그런 사람을 추적하
느라 자전거 나라 상공이 먼지로 뒤덮일 지경이다. 경찰은 늘 그래
왔듯이 무력하다. 사내들을 말리지도 못하고 시민들을 설득할 수도
없다. 시민들 역시 경찰에게 늘 그래왔듯이 뭘 해줄 거라고 기대하
지도 않는다. 그저 세우던 대로 자전거를 세우고 두 주먹을 쥔 채 도
망친다.

사흘쯤 지난 뒤 커다란 트럭 하나가 등장한다. 트럭에는 '거리 질서 지키기 특별계몽반'이라는 플래카드가 걸려 있다. 트럭은 길가에 세운 자전거를 닥치는 대로 실어 시내에서 멀리 떨어진 강변에 갖다 버린다. 시민들은 분노한다. 도대체 왜 이러는 건지 알 수가 없다. 그래서 다시 자전거를 끌고 와 도로에 멋대로 세운다. 트럭은 다시 실어서 갖다 버린다. 시민들은 못 쓰게 된 헌 자전거까지 끌고 나와 세운다. 세 살 먹은 아이들까지 세발자전거로 합세한다. 마침내 트럭의 타이어가 터진다. 과열된 엔진이 들러붙는다. 아무도 고쳐주지 않는다.

결국 총독이 나선다. 사흘 뒤 사물연합의 총통이 이곳을 방문할 것이라고 포고한다. 방문 직전에 시민 여러분에게 알려 기쁨을 더욱 크게 해주려 했다고 어울리지 않는 애교까지 부린다. 그리고 총통이 이곳을 방문하는것은 자신을 당선시켜준 시민들을 만나기 위해서라고, 소방서 확성기를 이용해 대대적으로 알린다.

총통이 온다는 소식이 시민을 기쁘게 하지는 못한다. 그래도 시민들은 총통이 어떻게 생겼는지 실물을 한번 구경하는 것은 괜찮다고 생각한다. 생각하는 동안 비로소 진정이 된다. 시민들은 트럭을 고쳐주는 대신 총통이 다녀간 다음 자전거를 강변에서 원래 있던 곳으로 가져와야 한다고 주장한다. 총독은 확성기를 통해 거듭 약속한다.

총통 방문 하루 전. 거리에 드문드문 자전거가 세워져 있다. 이곳이 자전거 나라라는 것을 상징하기 위한 극소수의 번쩍거리는 새 자전거다.

총통이 왔다. 총통이 자전거 나라를 방문하는 것은 건국 이래 처음이다. 똑같이 생긴 리무진 다섯 대가 자전거 한 대 다니지 않는 텅 빈 거리를 천천히 지나간다. 시민들은 자전거 나라의 국기를 들고 길가에 서 있다. 그런데 검은 유리창에 가려 총통의 얼굴은 보이지 않는다. 그나마 늘어선 시민들을 향해 돌아선 사내들이 여차하면 허리춤에서 총을 꺼내 발포할 태세로 시민들을 노려보고 있어 점점 기분이 나빠진다. 날은 덥다. 햇볕은 사정없이 내리쬔다. 사내들은 땀을 흘리면서 선글라스 안의 눈을 계속 부라리고 있다.

리무진은 이제 총독 관저로 들어간다. 관저는 이틀 전부터 투시기, 탐지기, 탐침기, 폭발물 수색견 등등으로 이잡듯이 뒤진 바 있다. 천장이고 화장실이고 나무뿌리고 무사할 수 없었다. 싹 뒤집어엎고 털어내고 살짝 덮어놨다. 어떤 곳은 누가 힘을 주어 밟기라도 하면 무너지게 되어 있다. 물론 총독이나 총통이 그쪽으로 가게 하지는 않는다.

웅장한 정부청사 강당. 자전거 나라 고유 복장을 제복처럼 착용한 유지 200여 명과 예복을 입은 부인들 200여 명, 기관장이 기립해 있다. 은은한 주악이 울려퍼지는 가운데 총통이 등장한다. 총통이 밟으며 들어오는 카펫은 사흘 전 이불 나라에서 긴급 수송된 것이다. 총독이 90도로 머리를 숙인다. 총통은 총독을 살짝 껴안아 우애를 과시한다. 여인 200여 명과 남정네 200여 명이 박수를 친다.

이윽고 국정보고. 흰 장갑을 낀 총독이 막대기를 들고 직접 보고한다. 200여 명의 여인네들과 남정네들은 보고가 끝나자 다시 한번 힘차게 박수를 친다. 총통은 '사물연합의 번영과 자전거 나라의 발전, 총독의 건강, 마지막으로 시민들의 행복을 위해'라는 헌사 끝에 건배를 제의한다. 아니, 그러려다가 자신이 들고 있는 잔을 들여다본다.

"총독."

총독은 다시 90도로 절을 하고 명령을 기다린다.

"나는 자전거 나라에서 유명한 그 술을 마시고 싶은데."

탄성이 터진다. 아뿔싸. 역시. 어쩌면. 아이코. 졸지에 자전거 나라의 특산 술, 그 유명한 자전거 막걸리를 날라오기 위해 경찰이 메뚜기처럼 뛰어다닌다. 인근의 대폿집을 샅샅이 수색해서 있는 대로 자전거 막걸리를 모아온다. 총통은 만족스럽게 자전거 막걸리를 마신다. 자전거 나라의 유지, 기관장 등등은 평소에는 우습게 보던 그 술을 방금 마시려고 했던 최고급 증류주만큼이나 받들어 마신다. 역시, 술은 자전거 막걸리가 좋지.

그런데 점심시간이 되자 다시 일이 터진다. 이틀 전 요리 나라에서 가장 유명한 식당 하나를 들어오다시피 해서 준비한 음식에 대해 총통이 이의를 표시한 것이다.

"나는 시골에 오면 보리밥에 된장찌개가 먹고 싶어."

역시, 아뿔싸, 으악, 어쩌면. 다시 한번 경찰이 공중으로 땅으로 난다. 자전거 나라 상공이 경찰과, 경찰이 피워올리는 먼지로 뒤덮인다. 이번에는 모든 음식점이 쑥대밭이 된다. 그런데 보리밥이 어디 있나. 보리밥은 요즘 자전거 나라에서도 잘 먹지 않는데. 경찰은 드디어 빈민가를 습격해서 밥통째 보리밥을 강탈한다. 사기, 강도, 절도, 구걸, 들치기. 별별 방법이 다 동원된다.

드디어 지옥 같은 식사 시간이 끝났다. 총통은 이제 총독과 함께 이번 방문의 최종 목적, 즉 염소 나라와 자전거 나라 사이를 가로지르는 강에 놓인 거대한 다리의 준공식에 가게 된다. 다리 역시 이잡듯이 검색, 탐색을 거쳤다.

경찰청장의 동서는 사물연합 총통이 지나갈 국도변에서 경호 근무를 하고 있다. 선글라스를 낀 양복 차림의 사내들이 워낙 많았고 각자의 몫만큼 설치고 다녔기 때문에 능력이 없기로 정평이 있는, 자타가 공인하는 자전거 나라 경찰의 경호가 다시 필요한가, 하는 의문은 누구나 가질 법했다. 더구나 날이 이렇게 더운데.

경찰청장의 동서는 일주일 전부터 경호 훈련을 했다. 매일 자신이 맡은 구역을, 동서의 경우 국도변의 약국에서 전봇대 사이 100미터

였는데, 지켰다. 잠을 제대로 자지 못했다. 선글라스를 낀 사내들이 경찰이 자려고 잡아둔 여관을 빼앗았기 때문이다.

"우리 애들은 어디서 잡니까?"

"애는 집에서 재우시오."

"아니, 부하직원들 말이오."

"밤새도록 지켜야지. 밤에 누가 잠입하면 어쩌려고."

"그럼, 낮에는 쉬게 해주십시오."

"허허, 큰일 낼 사람이네. 낮에는 왔다갔다하는 사람이 많잖아. 그 틈에 섞여서 폭발물이라도 장치하면 어쩔라고. 계속 근무해야지."

낮이나 밤이나 지키다보니 동네 바둑이하고도 낯이 익을 정도가 됐지만 수상한 인간은 오지 않았다. 보면 알 터이니 올 리가 없었다. 그런데 총통이 날이 이렇게 더울 때를 골라 지나간다는 것이다.

경찰청장의 동서는 자신이 맡은 구역에서 무슨 일이 생기지 않도록 기도하고 있었다. 그러나 그건 아무리 전능한 신이라 하더라도 들어주기 어려운 일이었다. 총통은 바로 그 구역에서 차에서 내리기로 되어 있다. 자신을 환영 나온 자전거 나라의 노인들과 잠시 환담을 한다는 것이다.

노인들의 나이는 90세에서 115세까지였다. 모아놓은 노인들의 나이를 다 합치면 3500살은 될 것이다. 노인들이 자연스럽게 환영을 나온 것처럼 보이기 위해 길에는 아무 시설도 하지 않았다.

경찰과 마찬가지로 노인들도 뙤약볕을 맞으며 총통을 기다리고 있었다. 총통은 점심을 먹고 이곳을 지나가다 자연스럽게 차에서 내려 노인 둘과 악수를 하고 한 명과 포옹을 하고 한 명으로부터 자전거 나라를 상징하는 페달 모양의 기념품을 받게 되어 있다. 역시 자연스럽게. 자연스럽지 않으면 의미가 없다. 그 기념품도 샅샅이 검색했다. 노인들도 마찬가지다. 노인들은 주머니에 일 원 한푼, 먼지 하나 없이 깨끗하다. 막 목욕탕에서 데리고 나온 것처럼 샅샅이 뒤졌다. 선글라스를 낀 사내들은 빈틈이 없었다.

노인들은 총독 관저에서 보리밥 타령이 벌어졌는지 자전거 막걸리판이 벌어졌는지 알 수가 없다. 그래서 예정된 시간보다 만남이 늦춰지게 된 것을 모른다. 모르는 것은 일주일 전부터 낮이나 밤이나 총통이 와서 빨리 지나가기를 기다려온 경찰청장의 동서도 마찬가지다. 그런데 늦어지고 있다. 그건 사실이다. 날은 덥다. 노인들을 뙤약볕에 이렇게 오래 기다리게 하면 안 된다. 이것도 사실이다. 노인들 가운데 하나, 평소에 말이 많은 노인이 말했다.

"왜 안 와?"

그보다 말수가 적기는 하나 보통 노인보다는 수다스러운 노인이 말했다.

"왜 안 와?"

말수 적은 노인들까지 차례로 물었다.

"왜 안 와?"

"총통은 에미 애비도 없나?"

"왜 안 와?"

"날은 더운데 백 살 먹은 사람을 이렇게 길가에 세워놔도 되는 거야?"

"왜 안 와?"

"나 집에 가면 안 되는 거야?"

"왜 안 와?"

"우리 일사병으로 쓰러지면 안 되나?"

"왜 안 와?"

"이런 날씨는 백 년 만에 처음이지?"

"왜 안 오지? 우라질."

노인들은 서로 묻기만 했지 대답하는 사람은 하나도 없었다. 사내들은 노인들에게 조용히 하라고 했는데 세상에 머리에서 김이 나는 노인들을 조용히 만드는 방법은 없다. 노인들은 하나둘 쓰러지기 시작했다.

그때 자동차를 탄 총통 일행이 나타났다. 경찰청장의 동서는 일주일 동안 기다린 보람이 있었다. 노인들은 악수를 하려고, 포옹을 하려고, 기념품을 증정하려고 총통이 탄 차를 향해 있는 힘을 다해 몰려갔다. 그런데 차는 이삼 초 머뭇거리다가 그냥 가버렸다. 보리밥과 된장찌개, 자전거 막걸리를 포식한 총통이 졸았기 때문이다. 보답이 문제가 아니다. 나중이 문제가 아니다.

"에레이 이 나쁜 놈아!"

노인들은 일제히 소리친다. 재빨리 손나팔을 만드는 사람도 있다. 사내들은 땀을 흘리며 죽어라 인상을 쓴다. 그러나 이제 경호는 끝났다. 경찰청장의 동서는 집으로 돌아간다. 허무하다. 인생이란. 자전거도 거리로 돌아왔다.

선거

국립 자전거 대학을 일 년 동안 영도할 총학생회장을 선출하는 선거가 다가왔다. 후보는 두 명으로 압축됐다. 자전거 나라 출신과 자전거 나라 출신이 아닌 사람.

자전거 나라 출신은 국립 자전거 대학의 학생 대다수가 자전거 나라 출신인 것을 믿고 있다. 또 믿는 것은 자전거 대학의 전임 총학생회장이 자신의 형이었다는 것이다.

자전거 나라 출신이 아닌 사람은 주장한다. 자전거 나라 출신만이 자전거 대학의 총학생회장이 되어야 한다는 법은 없다. 자전거 대학에 다니는 사람 가운데 자전거 나라 출신은 반도 안 된다. 나머지는 감자 나라, 물고기 나라, 섬 나라 등등 멀고 가까운 나라에서 유학

왔다. 유학을 왔다는 이유만으로 여러 가지 불편을 겪고 있는데 국립 자전거 대학의 총학생회가 해주는 일은 하나도 없다. 있다면 텃세, 괄시, 무시뿐이다. 이렇게 해서는 발전이 없다. 나를 뽑아주면 자전거 나라 출신뿐만 아니라 딴 나라 출신도 골고루 혜택을 입는 정책을 추진하겠다.

"정책이라고?"

자전거 나라 출신 후보는 이마를 찌푸린다. 그렇게 어려운 말을 쓰다니. 그것만으로도 이쪽이 밀린다. 똑똑한 놈들에게 말로 해서는 이길 수가 없다. 더구나 정책으로는.

자전거 나라 출신 후보는 형에게 도움을 청한다. 형은 친구에게 말하고 친구는 제 후배에게 말하고…… 해서 국립 자전거 대학을 구한다는 취지의 '구학단'이 결성됐다. 구학단의 멤버는 모두 머리가 짧다. 눈이 작고 목이 짧고 헐렁한 바지를 입었다. 몸무게는 평균 90킬로그램. 똑같은 자전거를 타고 다니는데 그들이 탄 자전거는 가엾을 정도로 작아 보인다.

자전거 대학의 총학생회장은 자전거 나라 학생이 맡아야 한다는 게 구학단의 '정책'이다. 그건 너무나 당연하다. 당연한 일을 아니라고 하는 놈은 간첩이거나 딴 행성 출신일 것이다. 당연하지 않은가. 구학단은 이렇게 말한 다음 자전거 위에서 두 손을 벌려 보이며 고개를 설레설레 젓는 것으로 선거운동의 행동을 통일했다.

그렇지만 상대 후보는 조금도 물러서지 않는다. 폭로 전술로 나온다. 지금 깡패들이 대학에 들어와서 대학을 구한다고 한다. 전임 총학생회장은 깡패였다. 전임 총학생회장은 총학생회 예산으로 오토바이를 사고 그 오토바이를 타고 다니면서 자전거 나라의 술집이란 술집에는 모두 총학생회 이름으로 외상을 했다. 그렇게 돈을 쓰니 예산이 남아날 리 없다. 지난번 축제 때를 잊었는가. 우승한 팀이 자신들이 사용한 공을 우승상품으로 가져가야 했던 사실을.

자전거 나라 출신 후보는 반격한다. 그 오토바이의 헬멧은 본인 비용으로 샀다. 오토바이는 이미 반납했다. 또 외상할 때 혼자만 먹은 건 아니다. 내가 입을 열면 여럿 다친다.

선거인단은 우왕좌왕했다. 선거인단의 반은 외상술을 얻어먹었다. 반은 얻어먹지 못했다. 반은 자전거 나라 출신이다. 반은 아니다. 외상술을 얻어먹은 자전거 나라 출신은 4분의 1정도. 외상술을 얻어먹지 못한 자전거 나라 출신도 4분의 1. 외상술을 얻어먹은 딴 나라 출신도 4분의 1. 외상술을 얻어먹지 못한 딴 나라 출신도 4분의 1. 4분의 1이 4분의 1을 비난하고 4분의 1이 4분의 1을 옹호하고 4분의 1이 4분의 1을 우습게 알고 4분의 1이 4분의 1을 부러워한다.

상대는 다시 폭로한다. 반납한 오토바이는 더이상 사용할 수 없을 정도로 망가졌다. 그래서 반납한 것이다. 동생이 총학생회장이 되면 형에게 당장 새 오토바이를 사줄 것이다. 헬멧까지 붙여서.

자전거 나라 출신 후보는 분노해서 성명을 발표했다. 지난 일은 지난 일이다. 오토바이는 오토바이다. 나는 나다. 정정당당하게 대결하자.

정정당당하게 대결하면 자전거 나라 출신 후보가 이길 수 없었다. 그래서 상대 후보를 납치해서 창고에 가두었다. 상대 후보를 따라다니는 운동원들도 함께. 선거 당일까지 창고 앞은 똑같은 디자인의 몽둥이를 든 구학단이 지켰다. 투표장에 입장하는 선거인단에게는 구학단이 90도로 머리를 숙였다.

"정직한 한 표, 부탁합니다."

선거는 끝났다. 자전거 나라 출신 후보가 당선되고 나서 딴 나라 출신 후보는 집으로 돌아갈 수 있었다. 선거란 그런 것이다, 처음에 좀 시끄러워도 끝이 좋으면 다 좋은 법이라고, 전임 총학생회장은 평했다.

축제

자전거 나라의 유일한 국립대학, 자전거 대학에 일 년에 한 번 열리는 축제가 돌아왔다. 축제추진위원회가 구성됐다. 모두가 기다린다. 축제의 밤을. 그래서 자전거 대학 총학생회장이 축제추진위원회 위원장을 맡았다. 위원은 그의 오른팔과 왼팔로 불리는 인물이다. 위원회에서는 사물연합 전체에서 가장 인기 있는 가수 두 명을 초청하기로 결정한다. 초청장을 보낸다. 오른팔이 물었다.

"우리가 초청한다고 올까요?"

위원장은 대답했다.

"가수라면 팬이 부르면 어디든 가야지."

왼팔이 물었다.

"그래도 인기가수는 바쁘지 않습니까?"

위원장이 받았다.

"우리는 안 바쁜가. 바쁜 가운데 오고가는 게 인생이야."

왼팔이 초청장 문안을 기초했는데 위원장이 몇 번 손질하다가 결국에는 자기가 쓰다시피 했다.

"받는 사람 인기가수 조장룡씨. 보내는 사람 자전거 나라 자전거 대학 축제추진위원회 위원장. 자전거 나라의 유일한 대학 국립 자전거 대학에서 금번 5월에 축제를 여는데 축제의 밤에 귀하를 초청합니다. 부디 참석하셔서 자리를 빛내주시기 바랍니다."

"내가 거길 왜 가?"

조장룡은 갈 이유가 없다. 그는 바쁘다.

"받는 사람 인기가수 유미미씨. 보내는 사람 자전거 나라 자전거 대학 축제추진위원회 위원장. 자전거 나라의 유일무이한 대학 국립 자전거 대학에서 금번에 축제를 여는데 축제의 밤에 귀하를 초청합니다. 부디 참석해주시기 바랍니다."

"자전거 나라가 도대체 어디 있어요?"

유미미는 매니저에게 묻는다.

"나도 모르는데."

매니저는 대답한다.

"축제에 오라는 거예요, 노래를 부르라는 거예요, 뭘 하라는 거예요?"

"나도 모르겠는데."

"가요, 말아요? 대답을 해요, 말아요?"

"나도 모른다고. 무시해."

조장룡과 유미미, 유미미의 매니저는 자전거 나라의 상징인 바퀴가 그려진 엽서를 무시한다. 위원장은 회답을 기다린다. 회답은 오지 않는다. 기다리고 기다리던 위원장의 오른팔이 전화를 건다.

"여보세요. 여기는 자전거 나란데요, 우리가 보낸 편지 받았습니까? 못 오신다고요, 바빠서요, 잘 알았습니다, 고맙습니다."

위원장이 화를 낸다.

"뭐가 고마워, 못 온다는데."

오른팔은 공손히 대답한다.

"아버지께서 통화를 끝낼 때에는 꼭 고맙다는 말을 하라고 하셨거든요."

위원장은 총독을 찾아간다. 총독이 재선될 때 유세장에서 가장 많이 박수를 치고 다른 후보가 연설할 때 가장 힘차게 야유를 했던 위원장을 총독은 무시할 수 없다.

"그렇게 사소한 걸 가지고."

총독은 사물연합 총통에게 전화한다. 총통은 화를 낸다.

"그렇게 사소한 걸 가지고 일일이 내가 나서야 하나?"

총독은 그럼, 집으로 전화하겠다고 위협한다. 총통은 숱한 나라 가운데 하나인 자전거 나라의 총독을 무시할 수는 있지만 아내는 무시할 수 없다. 아내의 여동생도 마찬가지다. 아내의 여동생 남편이 자전거 나라 총독이다. 그래서 총통은 부하에게 지시하고 부하는 자기의 부하에게, 그 부하는 다른 부하에게…… 해서 사물연합 최고의 인기가수들과 연락이 된다. 가수는 총통의 부하의 부하의 부하…… 특히 세무 담당 부하를 무시할 수 없다. 갈 수밖에 없다.

총독은 그 사실을 위원장에게 알린다. 위원장은 위원들에게, 위원들은 대학 전체에, 대학은 시민들에게 알린다. 이 소식을 알리는 데는 소방서의 확성기가 동원된다. 사이렌 소리가 요란하게 울리고 이어 다음과 같은 요지의 방송이 흘러나온다.

'시민 여러분, 기뻐해주십시오. 이 시대 최고의 인기가수 조장룡 씨가 축제에 옵니다. 유미미씨도 옵니다. 시민 여러분, 많이 와주십시오.'

공연무대는 자전거 대학 운동장에 설치된다. 반주를 맡은 건 자전거 대학의 유일한 록그룹 '까부수자'. 그들은 세계적인 가수 조장룡, 유미미의 반주를 맡는 건 일생에 한 번밖에 없는 기회라고 생각한다. 그래서 비가 오나 눈이 오나 낮이나 밤이나 연습을 한다. 시민들 중 반은 잠을 설친다.

위원회에서는 관중의 흥분과 소요를 염려해서 특수경호반을 조직한다. 건장한 청년 일백 명을 동원해서 무대와 관중 사이를 차단하고 또다른 일백 명에게 장대를 지급한다. 오십 명에게 무용수를 가장해 무대 위에 서 있다가 관중 가운데 뛰어올라오는 사람은 떠밀도록 한다. 경호반은 낮밤을 가리지 않고 떠밀고 후려치고 제압하는 맹훈련을 실시한다. 시민들 중 나머지 반이 잠을 설친다.

드디어 그날이 온다. 잠을 설치다 약이 오른 시민들이 운동장으로 모인다. 여학생, 남학생, 동생, 언니, 아버지, 아버지의 친구…… 모두 만난다. 록그룹 까부수자가 힘차게 음악을 연주한다. 무슨 곡인지는 알 수 없지만 소리는 대단히 크다. 운동장이 떠나갈 듯하다.

유미미 등장. 까부수자는 다시 운동장이 떠나가라고 아무 음악이나 연주한다. 이윽고 유미미 인사. 까부수자와 의논. 반주가 시작된다. 유미미 춤을 춘다. 이상하다. 박자가 맞지 않는다. 너무 빠르다. 유미미 중단. 록그룹과 다시 의논. 반주 시작. 춤 시작. 이상하다. 음정이 맞지 않는다. 유미미 중단. 반주 중단. 관중 야유. 마침내 유미미는 반주 없이 하겠다고 록그룹에 통고한다. 까부수자 멤버 모두 울음이 터지기 직전이다.

위원장이 등장한다. 특수경호반은 경호만 하는 게 아니라고 암시한다. 유미미에게 다시 한번 해보라고 으름장을 놓는다. 반주 시작. 춤 시작. 노래 시작. 맞지 않는다. 엉망이다. 유미미는 유미미, 까부수자는 까부수자대로 자기 나름대로 소리를 내고 있다. 관중은 관중

대로 소리를 질러대서 무슨 소린지 알 수 없는 거대한 음향이 자전거 나라를 울리고 상공을 지나가는 구름을 흩뜨린다.

유미미는 제발 혼자 하게 해달라고 부탁한다. 까부수자 멤버들, 감동. 인기가수의 부탁을 받아보기는 처음이다. 그래서 반주를 중단한다. 관중도 소란을 그친다. 유미미는 혼자 노래하면서 춤을 춘다. 어색한지 춤을 추지 않고 노래만 한다. 어색한지 노래는 하지 않고 춤만 춘다. 결국 내려간다. 관중석에서 신발이 날아든다. 당황한 위원장은 조장룡을 예정보다 일찍 등장시킨다. 조장룡이 두 팔을 번쩍 들고 나타나자 야유는 환성으로 바뀐다.

"오빠!"

여학생들은 광란한다. 텔레비전에 나오는 다른 나라 여학생들처럼. 조장룡은 다시 손을 번쩍 든다. 성급한 여학생들은 자리에서 일어서서 앞으로 나가려고 한다. 기다리고 기다리던 특수경호반이 활약한다. 일어서는 사람의 머리를 장대로 후려친다. 나오는 사람의 복부를 보기 좋게 강타한다. 진정이 된다.

조장룡, 까부수자와 의논. 고개를 흔드는 조장룡. 다시 의논. 고개를 다시 흔드는 조장룡. 마침내 고개를 끄덕이는 조장룡. 반주 시작. 노래 시작. 조장룡 노래를 멈춘다. 그리고 까부수자에게 가서 기타를 빼앗는다. 까부수자의 나머지 멤버들에게 조용히 하라, 안 그러면 나는 집에 간다고 협박한 뒤, 기타를 치며 노래한다. 광란하는 여학생들.

"오빠!"

남학생들도 휩싸인다.

"오빠!"

남학생이 남자 가수에게 오빠라니.

"오빠!"

땀을 흘리며 눈물을 흘리며 합창한다.

"오빠!"

필사적이다. 노래고 뭐고 들리지 않는다.

"오빠!"

장대가 날기 시작한다. 앞자리에서 일제히 일어선다. 장대끼리 부딪치고 얽힌다. 나무와 사람 머리통이 부딪치는 소리가 소나기 오는 수박밭처럼 요란하다.

"오빠!"

뒤에서도 덩달아 일어선다.

"오빠! 오빠! 오빠!"

남녀노소를 불문하고.

"오빠!"

무대 앞을 막고 있던 대열이 무너진다. 드디어 남학생 한 무리가 무대 위로 뛰어오른다. 무대 위에 있던 경호반이 밀어낸다. 한 사람이 떨어진다. 뒷사람이 밟는다. 또 한 사람이 떨어진다. 또 한 사람. 밟았던 사람이 밟히고 그 역시 밟히다 밟는다.

태어나면서부터 밟히는 게 질색인 누군가가 무대 뒤에 있던 사다리를 가지고 온다. 사다리를 무대에 걸치고 기어오르기 시작한다. 다른 사람들도 매달린다. 경호반이 그쪽으로 몰린다. 사다리를 쳐들어 집어던진다. 그사이 몇몇이 무대 위로 기어오르는 데 성공한다. 길이 열리자 군중이 개미떼처럼 기어오른다. 무대가 흔들린다. 무너진다. 불이 꺼진다. 아수라장 속에서도 합창은 들려온다.

"오빠!"

오빠는 도망간다. 위원장도, 경호반도.

꿈인가 놀아보니

"우리가 어릴 때 학교에서 배운 〈산바람 강바람〉이라는 동요 있지? 그게 가사가 틀렸다는 걸 아나."

일씨가 말했다. 이씨는 잠자코 있었다. 형님은 남이 틀린 걸 찾아내는 데 귀신이다. 차는 좀처럼 움직이지 않다가 조금씩 조금씩 나아간다. 일씨가 운전대를 잡은 지는 6개월. 아직 미덥지 않다. 이씨는 무사고 10년의 운전 경력이지만 참견하지 않는다. 그저 차가 설 때마다 손잡이를 꾹 잡고 발에 힘을 줄 뿐이다. 그런데 일씨는 자신이 무사고 10년의 운전자라도 되는 양 일일이 앞, 뒤, 옆 운전자들의 운전 솜씨를 타박하고 가끔 차창을 열고 책망할 뿐만 아니라 이제는 농담까지 하려고 든다.

"여름에 나무꾼이 나무를 할 때 이마에 흐른 땀을 씻어준다는데. 여름에 왜 나무를 해? 시퍼런 나무를 베어서 어쩔라고."

급브레이크. 이씨는 입술을 꾹 문다. 일씨는 노래하듯이 말한다.

"한국에서는 여름에 나무를 한다. 더워 죽을 지경이 되어도 나무를 해다가 방에 생나무를 땐다아, 야! 얀마! 운전 똑바로 해!"

다시 급브레이크. 옆 차의 운전자가 뭐라고 호통을 치면서 빠져나간다. 이씨의 이마에 땀이 맺힌다.

"열대지방에서 사는 사람들은 더 헛갈릴 거야. 아니, 세상에 여름말고 다른 계절이 또 있나 하고."

사이드미러끼리 부딪친다. 일씨는 차창을 내리고 육두문자를 써가며 한참 시비를 한다. 뒤에서는 음색이 각기 다른 경적이 하모니카처럼 울린다. 일씨는 자신이 잘했다고 끝까지 우겨 더위에 지친 상대가 가버린 다음, 천천히 빠져나간다.

이씨는 생각한다. 형님은 차 안에서 대화가 오가기를 원하신다. 운전중에는 말하기보다 듣기가 쉽다. 말을 하다보면 운전에 집중할 수가 없다. 집중하지 않으면 경력 6개월인 운전자는 제대로 운전을 할 수가 없다. 그렇다. 형님이 말을 하시기 전에 내가 말을 하자. 편안히 듣게 해드리자. 운전을 잘하실 수 있도록. 이씨는 일단 입을 연 이상 빠르게 말한다.

"형님. 말이 나왔으니 말인데요. 형님 잘 부르시는 가요 있지요.

〈처녀 뱃사공〉이라고 하는. '낙동강 강바람이'로 시작하는 노래요."

"그래."

"노래 중간 가사가 아주 인상적이라고 하셨지요."

"그럼. '꿈인가 놀아보니 소식이 오네.' 시적인 동시에 거의 종교적이지. 대중가요를 철학의 차원으로 끌어올린 가사가 아닌가 말이야."

"그게 말이죠. 제가 알아보니까 '군인 간 오라버니 소식이 오네'였습니다."

덜컥. 아슬아슬하게 충돌을 면한다.

"어디서 그래?"

"노래방에서요."

"어느 노래방?"

"제가 가본 데는 다 그랬습니다."

"아하."

일씨가 25년 동안 불러온 〈처녀 뱃사공〉의 가사는 이렇다.

낙동강 강바람이 치마폭을 스치면

꿈인가 놀아보니 소식이 오네

큰애기 사공이면 누가 뭐라나

늙으신 부모님을 내가 모시고
에헤야 데헤야 노를 저어라
삿대를 저어라

일씨의 동생 이씨가 알아온 가사는 다음과 같다.

낙동강 강바람이 치마폭을 스치면
군인 간 오라버니 소식이 오네
큰애기 사공이면 누가 뭐라나
늙으신 부모님을 내가 모시고
에헤야 데헤야 노를 저어라
삿대를 저어라

일씨가 실제 가사에 대해 이씨에게 이렇게 논평하다.

'꿈인가 놀아보니'에 비하면 '군인 간 오라버니'는 민중의 생활상, 그들의 소박한 기대를 솔직하게 보여준다는 미덕이 있다(그러나 솔직, 진술한 것치고 뭐 잘되는 게 있던가). 낙동강 처녀가 젓는 배는 애초부터 이중의 의미를 지니고 있던 것이다. 사람이 타는 배와 사람의 배. 그런데 큰애기—다 큰 처녀가 그 배를 몬다는 것은 미묘한 긴장을 주는 것이 아니던가. '꿈인가 놀아보니'처럼 돌발적이며 시적인 수사가 가능한 이유가 여기에 있는 것이다.

그런데 이것이 네가 노래방에서 알아온 대로 '군인 간 오라버니'라면 이 노래는 한낱 건전가요에 지나지 않는다(건전가요치고 재미있는 게 있던가). '배'의 이중적 의미에서 하나가 빠진다. 둘을 비교하면 후자는 긴장이고 뭐고 없다.

그러므로 이 노래는 나의 애창곡에서 뺀다. 그런데 어째서 그동안, 이 노래를 공짜로 감상한 놈들이 얼마나 많은데 그 가사가 틀렸다고 말하는 놈이 한 놈도 없었단 말인가.

꿈의 술집

　술꾼은 으레 단골이 있게 마련인데 내가 존경하는 친구, 고형에게
도 그런 집이 있다. 있는 정도가 아니라 무수히 많다. 주력 수십 년
에 한밤중에서 새벽까지 둥둥 떠내려가던 나날이─이 말은 그가 무
척 즐겨 쓰는 표현인데─또 얼마였던가. 그러다보니 단골 술집의
종류도 다양한데, 대체로 여자가 있는 술집이 많다. 여자가 있는 집
이면 다 비슷하지, 뭐 그리 복잡한가 물을 사람을 위해 미리 답해두
거니와 여자란 또 얼마나 다양한 면모를 가지고 있던가.
　젊거나 나이들었거나 예쁘거나 그렇지 않거나 수줍거나 얌전하
거나 애교스럽거나 무뚝뚝하거나, 이런저런 성격이 뒤섞여 있거나
아니거나, 아, 어느 날은 이랬다가 어떤 날은 저렇고 헤어지면 그립

고 만나면 시들하거나. 이 다채로운 유형과 맞먹는 다양성을 자랑하는 것은 역시 술집에 드나드는 남자가 아니겠는가.

이런저런 수많은 술집 가운데 고형의 기억 속에 얌전히 둥지를 튼, 어떤 술집이 있어 얘기하려 한다. 그 술집은 생김새가 특별하달 것도 없고 특별히 술맛이 있거나 요리가 특별하거나 목이 좋은 것도 아니다. 그가 젊은 시절 헛기침과 가래를 무수히 뿌려가며 발길을 남긴 여느 술집처럼 평범하다. 다만 이 집은 꿈에만 갈 수 있다.

창문이 조금 열렸고 붉은 등롱이 밖에 매달렸으며 늘 물 새는 소리가 나는 이 술집은 생시에는 갈 수 없는 집인 것이다. 꿈에만 가는데도 그 골목은 너무도 익숙하고 문고리는 그의 손가락에 닳아 반들반들하다. 다른 손님이 있을 때도 있고 없을 때도 있는데 낯이 익은 술꾼끼리는 가끔 눈인사를 나누기도 한다. 그가 어느 여름밤 대취 끝에 발작적으로 때려부순 창문은 판자로 막아놓았다. 벽지는 더럽고 천장은 낮다. 비가 오기도 하고 그치기도 한다. 생시와 다를 바 없다. 다만 그 술집에 고형은 꿈에만 간다. 생시에는 아무리 해도 찾을 수 없고 수소문으로도 가본 사람을 만날 수 없는 그런 술집. 그는 그런 술집을 찾기 위해 일생을 구름처럼 헤맸는지도 모른다.

하루는 백일몽에서 또 그 술집을 다녀와 입가에 묻은 침을 닦고 있는데 그의 친구가 찾아왔다. 너도 혹시 그런 술집이 있느냐고 물었더니 그 친구가 엄숙한 얼굴로 고개를 끄덕였다고 한다. 두 사람이 꿈에 가는 술집은 약간 모양이 달랐다. 그 친구는 술로 먼저 속세를 등졌다고 고형은 술만 마시면 이야기한다. 친구를 보낸 요즘은 꿈속의 술집에 발을 들여놓지 않는다고.

그가 요즘 가지 못하는 술집이 또하나 있다. 그 술집 역시 꿈속의 술집처럼 평범하게 생긴, 그러나 실재하는 술집이다. 다만 그는 그 집을 만취하기 전에는 찾지 못한다. 술이 조금이라도 덜 취하면 도저히 그 술집으로 가는 길을 찾을 수가 없다는 것이다.

너무 취하면 당연히, 인사불성이 되니 갈 수가 없다. 따라서 만취하되 움직일 수 있는 지경에서 그 집을 찾아가는데 가기만 가면 예쁘고 얌전한 마담이 있었다고 한다. 그는 문전에서 "이리 오너라" 하고 호기 있게 고함을 지르면서 대문을 걷어찬다. 그러면 버선발로 마담이 뛰어나오는데 늘 그가 좋아하는 옷이나 머리 모양을 하고 있다. 수작이 시작되면 "너는 내 색시로다"와 "그렇습니다, 서방님"이라는 말이 물레에 꿰어들어가는 실처럼 끊이지를 않는다. 그즈음 그는 외상이 많았는데 그 집이라 해서 예외는 아니었다. 그래서 호랑이 같은 그 술집의 사장은 몹시도 그를 싫어했다는 것이다. 그러거나 말거나 그는 개의치 않았다. 마담 역시 그랬다.

그러던 그가 다른 일로 잠시 술에 취하기를 잊었다. 혹은 다른 것에 취해 세월 가는 줄을 잊었는지도 모르지만. 몇 달인가 몇 년 뒤엔가 문득 그는 첫사랑처럼 그 술집을 떠올렸다. 그러나 당연히 취하기 전에는 그 집을 찾을 수가 없었다. 근처에 가서 뱅뱅 돌던 그는 이윽고 작심을 하고 마시기 시작해서 드디어 알맞게 취했다. 그는 생시에도 다시 찾아올 수 있게끔 길의 간판이며 사람들의 생김새며 길의 꼴을 기억하려고 애썼다. 수첩에 뭘 적었는지도 모른다. 그렇게 하여 그 술집을 찾아 대문 앞에서 "이리 오너라"라고 외쳐 불렀다. 그런데 버선발로 뛰어나와야 할 마담이 보이지 않았다.

마담은 몸져누워 있었다. 마담은 그가 마지막으로 다녀간 뒤부터 여러 달을 그를 기다리며 언제나 같은 옷, 같은 머리 모양에 같은 화장을 하고 앉아 있었다고 한다. 그가 부르면 버선발로 뛰어나갈 준비를 하고. 그러나 그가 오지 않자 점점 수척해지고 몸이 축났다는 것이다. 그는 누워 있는 마담에게 예전처럼 '너는 내 색시로다' 할 수 없었다. 무엇인가 몸서리치게 하는 집념과 회오 같은 걸 느꼈는지도 모른다. 그는 '무정한 인간'이라는 술집 사장의 질책을 뒤로하고 묵묵히 그 자리를 떠났다.

몇 달 뒤 그는 다시 그 술집에 가볼 생각을 했다. 기억의 파편을 더듬어, 혹은 수첩을 뒤적여 그는 길을 찾았다. 술이라고는 입에 한 방울도 대지 않은 그가 그 술집에 이르렀으나 거기에 그 술집은 없었다. 마담도 없었다. 그의 마음만큼이나 휑뎅그렁한 공터가 기다렸다는 듯이, 그의 발을 희고 둥그런 배 위로 끌어당겼다. 우묵하게 자란 풀이 그의 발목을 쓸어안았다.

무인도의 토끼

어릴 적에 은사께서 말씀하셨다. 돈을 벌려면 그 섬에 가야 한다.

그 섬에는 사람이 살지 않는다. 풀만 무성할 뿐 바위가 많고 토질이 거칠어 농사를 지을 수가 없다. 배에 토끼를 한 쌍 싣고 가서 내려놓고 돌아온다. 토끼는 번식력이 뛰어나고 굴을 잘 판다. 임신한 지 한 달이면 새끼를 낳고 돌아서면 곧 교미를 한다. 성장도 빠르다. 교미, 임신, 성장 외의 시간에는 풀을 뜯고 굴을 판다. 성장한 토끼는 새끼를 낳고 새끼는 곧 자라 또 새끼를 낳는다. 다른 토끼들도 마찬가지다. 교미, 임신, 성장, 풀 뜯기, 굴 파기. 몇 해가 지나 가보라. 온 섬이 하얗게 토끼로 뒤덮인 걸 볼 수 있을 것이다. 그 토끼를 잡아서 팔면 된다.

그런데 그 섬에 뱀이 많은 경우. 은사께서 말씀하셨다. 토끼 가지고는 뱀을 처리할 수 없다. 이럴 때는 돼지를 한 쌍 배에 싣는다. 섬에 돼지를 풀어놓은 뒤 예상되는 상황은 이렇다. 돼지는 뱀을 잡아먹기 시작한다. 돼지는 지방이 두꺼워서 뱀의 독이 치명상을 입히지 못한다. 그렇다고 뱀이 돼지를 삼킬 수도 없다. 뱀을 먹고 자란 돼지는 고기 맛도 좋다고 한다. 적당히 시간이 흐른 뒤, 배를 천천히 저어 섬에 가보라. 뱀은 씨도 없을 것이다. 돼지들은 야생 상태로 방치하면 엄니가 다시 자란다고 하는데 먹을 것을 찾느라 엄니로 쟁기질을 해놓으면 풀이 잘 자란다. 돼지를 잡아서 팔고 토끼를 풀어놓으면 된다.

　아, 그 섬에 왜 뱀이 많아졌는지를 말해야겠다. 은사께서 말씀하시기를 섬에 뱀이 생긴 건 어느 야심가 때문이었다. 닭과 뱀을 같이 먹는 방법이 있다. 유난히 땀이 많이 나는 사람에게 좋은 음식이라고 하는데 물론 정력제이기도 하다. 죽은 독사의 시체가 부패하면 구더기가 기어나온다. 그 구더기를 잡아서 닭에게 먹인다. 구더기를 먹은 닭은 털이 빠져 볼만한 알몸이 되는데 이걸 푹 고아서 먹는 것이다. 닭에 대해서는 이러쿵저러쿵 말이 많지만 약효가 최고인 닭은 산에서 자라는 닭일 것이다. 닭을 산에 풀어놓으면 하루 내내 먹을 걸 찾아서 산을 헤집고 다니다가 저녁이 되면 집으로 돌아온다. 그런데 산에 대해서도 풍수가 어떻고 정기가 어떻고 물이 어쩌고, 이러쿵저러쿵 말이 많지 않은가. 어디라고 말하기는 어렵지만 내가 아는 빼어난 산이 있다. 그 산에서 닭을 길러 빼어난 닭을 한 마리 구했다고 하자. 이제 빼어난 뱀을 구하여 죽이고 빼어난 구더기를 빼어난 닭에게 먹인 다음, 빼어난 요리사로 하여금 푹 고게 해서 아무나 먹으면 되는 것이다. 빼어난 뱀을 잡으려면 온 세상을 돌아다니며 뱀에 신경을 쓰지 않으면 안 된다. 그렇지만 그렇게 하지 않아도 방법은 있다. 아무 뱀이나 수백 마리를 구해 사람이 없는 곳, 가령 무인도 같은 데에 구덩이를 파고 갖다놓는다. 야심가는 그렇게 했다.

그다음에는 먹을 걸 주지 않았다. 그래서 뱀들이 서로를 먹어치울 수밖에 없게 만들었다. 어떻게 될 것 같은가. 영리한 사람들은 2^x, 곧 기하급수적으로 줄어든다고 할 것이다. 제대로 되는지 한번 보기로 하자. 애초에 뱀이 500마리였다면 서로 먹어치운 뒤 250마리가 된다. 250마리는 곧 125마리가 되리라. 125마리는 62마리 반이 되는가? 반 마리가 뭐지? 머리 쪽 반, 혹은 꼬리 쪽 반? 고민할 것 없다. 내 짐작에는 63마리가 될 것 같다. 그전보다 두 배 뚱뚱해지고 배부른 62마리와 그전과 다름없이 배고픈 한 마리. 63마리는 31마리와 남보다 배고픈 한 마리, 해서 서른둘, 곧 2^5마리가 된다. 그다음에는 뻔하다. 2^4, 2^3, 2^2, 2^1, 2^0. 기하급수가 맞아떨어진다. 하지만 중간에 기하급수와 상관없는 어떤 일이 있었다는 것은 알아두자. 최종적으로 남은 한 마리는 나머지 499마리의 정화를 모은 빼어난 뱀이라고 해도 좋을 것 같다. 운도 있었겠지만 남보다 입이 크고 힘도 있고 독도 있고 신중하기도 하고, 뭐라고 더 상찬해도 지나치지 않을 것이다.

배를 저어 그 섬에 간다. 그 뱀을 잡아서 죽인 다음, 구더기를 내어 닭에게 먹이고 그 닭을 먹는다. 이게 계획대로 되지 않았기 때문에 그 섬에는 뱀이 많아졌다. 뱀들은 서로 잡아먹지 않았다. 사이좋게 굶다가 때마침 내린 비를 타고 섬 곳곳으로 탈출해버렸다. 그래서 그 섬은 뱀섬이 되었고 사람이 발을 들여놓지 않게 되었던 것이다. 그러나 걱정할 것 없다. 지금이라도 돼지를 풀어놓으면 된다. 그다음에는 토끼를. 은사께서 웃으며 말씀하셨다.

눈물 흘리는 사람

그는 늘 눈물을 흘린다. 밤이나 낮이나 술을 마시거나 마시지 않
거나 슬프거나 말거나. 늘 눈물을 흘리는 건 다른 사람도 마찬가진
데 눈물이 없으면 눈이 말라 눈을 뜰 수가 없다. 곡식이 익든 말든
비가 오나 눈이 오나 바람이 불거나 파도가 치거나 한결같다. 그러
나 지금 이야기하려는 이 사람은 눈물을 눈 밖으로 언제든지, 자신
이 원할 때 넘치게 흘릴 수 있는 사람이다.

그이만큼 맵시 있고 예의바르게 우는 사람도 세상에 없을 것이다.
그의 눈물은 오랜 세월 동안 경험으로 얻은 품위가 있고 법도가 있
다. 심지어 울면서 울지 않는 것처럼 보일 수도 있는데 다 마음먹기
나름이다. 그가 언제부터 울기 시작했는지, 왜 우는지 아는 사람은

아무도 없다.

언젠가 그는 특별한 호의로 내게 우는 모습을 보여준 적이 있다. 그는 요즘 사람으로서는 보기 드물게 늘 양복 가슴께에 달린 주머니에 손수건을 꽂고 다니는데 먼저 그 손수건을 기품 있게 꺼냈다. 그리고 커피를 한 모금 마신 다음, 정신을 집중하고 눈물을 흘리기 시작했다.

그는 가끔 수건으로 눈가를 훔쳤고 코도 풀었다. 그가 잠깐 눈물을 멈추고 내게 울음소리도 원하느냐고 했는데 나는 깜짝 놀라서 아니라고 손을 저었다. 그는 한동안 소리 없이 눈물을 흘리더니 커피를 한 모금 더 마신 다음에는 낮은 소리를 내며 울기 시작했다. 나는 삼십 분 정도를 그와 함께 앉아 있었는데 그 울음은 내가 한 번도 경험하지 못한 가히 경지에 달한 울음이었다고 기억한다. 그는 마지막으로 손수건을 접어 양복 윗도리 주머니에 소중히 간수했다. 근육의 긴장과 감정의 격동을 자신과 남에게 동시에 경험하게 하는 울음, 그 울음 뒤에 오는 나른한 편안함, 고요. 그는 후식이라도 되는 양 그것까지 맛보게 해주었다.

그 눈물 때문에 그는 늘 물에 빠진 종이처럼 처량해 보인다. 그래서 일자리도 변변찮고 하는 일도 대수롭지 않게 보인다.

나는 그에게 노래를 부를 때 늘 눈물을 흘리는 가수가 있다고 말해주었다. 그 가수의 노래는 대체로 비장한 정조로 느리고 무겁게 흘러가는데 그 가수는 그와는 달리 손수건을 쓰지 않는다. 그저 눈물이 뺨 위를 흘러가도록, 텔레비전 카메라가 그 눈물을 더 잘 포착할 수 있도록, 관중이 잘 볼 수 있도록 얼굴을 돌려가면서 운다. 노래가 끝나면 청중은 다른 가수에게 그러하듯 박수를 치는데 그의 눈물을 잘 봤다는 뜻인지, 노래를 잘 들었다는 뜻인지 불확실하다.

그는 내 이야기를 듣고 또 눈물을 흘렸다. 비슷한 사람이 있다는 게 기뻐서? 아니면 슬퍼서? 수준이 맞아서, 아니어서? 눈물까지 상품으로 만든 게 더러워 보여서, 감탄스러워서? 그는 대답하지 않았다. 고개를 도리질하면서 그저 섧게 울었다.

놀이하는 인간

내 친구는 놀이라면 무엇이든 빨리 배우고 익히는 데 남다른 집
념과 소질이 있었다.

그중 하나가 행글라이딩을 배운다고 산을 오르내리는 일이었다.
몇 분을 날아보자고 그 무거운 짐을 메고 산꼭대기까지 간단 말이
냐. 우리에게는 생소하고 이해하기 힘든 일이었다. 그는 꼭대기까지
가서 날지도 못하고 다시 걸어내려오는 사람들, 등산가도 있는데 뭘
그러느냐고 반문했다.

그다음에는 합창대에 들었다. 그가 음치라는 건 그를 포함해 우리
모두 잘 알고 있는데도, 뻔뻔스럽게. 그는 합창대에서는 음치가 문
제가 아니라고 했다. 합창대에 지원하는 사람이 많지 않아서 지휘자

를 포함한 모두가 진심으로 자기를 환영한다고 했다.

그래도 우리가 계속 욕을 해대자 스킨스쿠버로 관심을 돌렸다. 허허, 바닷속까지 내려가서 그저 구경만 하고 온다고? 진주를 캐든가 물고기를 잡는 게 아니고? 그러자 그는 진주조개나 물고기를 잡으러 갔다가 아직 돌아오지 못한 사람들보다 낫다고 했다.

그다음에는 탐조가 그의 놀이가 되었다. 새를 찾아다니는 일. 새들이 많이 출몰하는 강가나 들판, 산에 가서 새들이 노는 꼴을 망원경으로 보며 즐긴다는 게 이해가 되지 않았다. 한 친구가 그에게 새총을 빌려주겠다고 제안했으나 그는 일축했다. 하긴 보기 힘든 진주보다는 새가 낫지. 새알도 주울 수 있고 재수좋으면 늙어 죽은 새를 한잔 술과 함께 화장시켜줄 수도 있잖아. 짓궂은 친구가 주석을 달았다. 새의 장례식이니까 조장鳥葬이라고 해야겠지. 아니, 새의 시신을 먹어주는 게 인간이니 인장人葬이 맞아.

그다음 그의 취미는 별 보기로 옮아갔다. 어두운 곳, 산꼭대기나 시골 같은, 불빛이 적고 공기 맑은 곳에 가서 망원경으로 별을 관찰하는 일. 별을 보면 뭐가 생기나. 별이 알을 까나. 별을 구워 먹을 수 있나. 우리가 집요하게 물었지만 이때쯤부터 그는 우리의 질문에 일일이 대답하지 않았다. 다만 망원경은 새를 볼 때의 망원경과 같은 것이었다. 그즈음 그가 쪼들리고 있다는 걸 알 만한 사람은 다 알았다.

취직을 하자마자 그는 사진 찍기에 관심을 가졌다. 첫 월급으로 사진 장비를 구입하더니 두 달째 월급으로는 암실을 만들었다. 세 달째부터는 사진 찍으러 돌아다니기 위해 차를 샀고 할부금을 내기 시작했다. 다음, 차의 본전을 뽑기 위해서라도 전국을 누비며 사진을 찍어야 했다. 또한 야영, 지도 읽기, 험로나 악천후에서도 운전하는 기술, 필름, 현상액, 현상 공모 등등이 각각 본전을 뽑으라고 요구했을 것이다.

그의 놀이 솜씨는 나날이 발전했고 우리의 상상을 뛰어넘을 정도로 다양해졌다. 어느 날 우리는 차를 타고 가다가 강에서 윈드서핑을 하는 청년들을 보았다. 우리는 그 친구가 윈드서핑을 해보았을 것인가, 아닌가 내기를 했다. 그는 슬그머니 미소지었을 뿐이었는데 했다는 쪽에 건 친구들이 땄다. 윈드서핑뿐만 아니라 파도타기, 초경량 비행기나 기구 타기처럼 탈것 가운데 그의 눈길을 벗어난 것은 거의 없었다. 대통령의 딸이 승마를 한다는 게 화제가 되자 그는 어린아이처럼 기뻐했다. 아이고마, 말을 탈 수 있었구나, 하고. 낙타나 암소, 타조, 호랑이 등에 탔는지는 알 수 없다. 내기를 한다면 타보았다는 쪽에 거는 게 유리할 거라고 생각한다.

그러던 그가 느닷없이 수석에 빠졌다. 뙤약볕이 내리쬐는 강가에 나가 돌을 줍고 그걸 잔뜩 지고 와서 잘 씻고 말려 진열하는 일 말이다. 그게 놀이인지 아닌지는 모르겠지만 묵직한 뭔가가 집에 들어온다는 점에서 그전의 놀이보다는 나았다고 할 수 있다. 우리의 칭찬에 고무되었는지 이번엔 새를 기르기 시작했다. 다음에는 금붕어를 길렀고 난초를 키우기에 이르렀다.

그다음엔? 야간 산행, 배낭여행, 서바이벌 게임, 세팍타크로? 우리는 그가 든 놀이 모임이 몇 개나 될까 내기를 자주 했다. 사냥, 천렵, 바다낚시, 빙벽 타기, 뗏목 탐험, 조기 축구, 일요일 오후의 테니스, 동호인 야구, 레크리에이션 강습, 풍수지리, 자서전 쓰기, 사군자, 서예, 생활 도예, 꽃꽂이, 아코디언 연주, 마술, 여행 영어, 수지침, 태극권, 단소 연주, 재즈 댄스, 구연동화, 컴퓨터.

우리는 그가 얼마나 바쁠 것인지 동정하지 않을 수 없었다. 마침내 그는 이제까지의 놀이를 총체적으로 결합한 대양 횡단 겸 세계 일주를 한다는 계획에 착수했다. 뗏목을 타고, 낚싯대와 지도, 망원경을 가지고, 별도 보고 새도 보고 파도를 타고 스킨스쿠버로 물고기를 잡고 진주도 캐고 사진도 찍고. 우리는 만류하지 않을 수 없었다. 그를 설득하는 데 뗏목으로 세계 일주를 할 정도의 시간이 들었다.

그런데 갑자기 그가 그 계획을 중단했다. 그리고 결혼을 발표했다. 그가 결혼하던 날, 우리는 한 사람 빠짐없이 예식에 참석했다. 아무튼 그 무수한 놀이 때문에 마흔이 다 되어서 결혼을 하는 것이었다. 신부는 그보다 열다섯 살 이상은 어려 보였다. 그의 검게 탄 얼굴과 이마의 주름은 그를 거의 오십대의 원양어선 선장처럼 보이게 만들었다. 우리는 그 엄숙한 대조에 눈물을 흘릴 뻔했지만 그를 축하해주었다. 행복하여라, 벗이여.

그의 집에 다녀온 친구들로부터 이상한 이야기가 들려왔다. 수석을 망치 대신 쓰고 있다는 것이다. 암벽 등반에 쓰는 하켄을 못 대신 벽에 박아 옷을 걸어둔다고도 했다. 다른 친구들도 계속 충격적인 뉴스를 전했다. 열대어 어항은 그의 부인이 데려온 고양이의 별장이 되었다는 것이다. 새장도 마찬가지였다. 난초는? 보나마나 국을 끓여 먹었을 것이다, 아니면 튀김을 했는지도 모르겠는데 내기를 하자는 제의가 나왔다. 해먹, 카메라, 암실, 서프 보드, 적외선 망원경, 진공관 오디오, 벼루와 연적, 도자기도 쓰레기가 되지 않으면 일상용품의 대용물이 될 것이다.

비로소 우리는 위대한 놀이하는 인간을 잃고 말았다는 것을 깨달았다. 우리와 똑같은 한 인간을 얻긴 했지만.

역사가

　그는 역사가였다. 그의 특별한 관심 분야는 전쟁이었다. 그는 유사 이래 벌어진 모든 전쟁을 기억하고 있었다. 트로이 전쟁, 펠로폰네소스 전쟁, 중국 춘추전국시대의 크고 작은 전쟁, 알렉산더의 원정, 한니발의 원정과 패배, 적벽대전, 황산벌 싸움, 정묘호란, 인도 무굴 제국의 창시자 바부르의 파니파트 전투, 만주사변, 1·2차세계대전, 6·25전쟁 등은 물론이고, 각각의 전투와 전투의 세부 내용, 장군의 이름, 병사의 수, 신무기, 작전, 첩보전 양상을 모두 기억하고 있었다. 나아가 그 전쟁을 기술하고 평가한 역사가 중 비교적 공정한 사람은 누구인가에 대한 평가도 할 수 있었다.

　그가 늘 좋게 평가했던 플루타르코스, 사마천과 마찬가지로 그는 역사학자였다. 그러나 그는 공식적인 직업이 없었다. 굳이 이름을 붙인다면 그는 재야 역사가였다.

재야 역사가인 그를 아는 사람은 아이들뿐이었다. 아이들에게 전쟁 이야기를 들려주는 것, 그것이 그의 생업이었으며 그가 이승에서 찾아낸 유일한 보람이자 재미였다.

노르망디 상륙작전에서 연합군측이 동원한 수송기가 2316대, 항공기 1만 3천 대, 함선이 6천 척이며, 사망자가 8975명이었다는 것을 정확하게 외웠고, 연합군이 승리하게 된 원동력, 퍼붓는 포화 속에서 "나가서 싸우자"라고 외친 사람의 계급, 쌍방의 총사령관, 이를테면 아이젠하워와 로멜의 승인과 패인, 그들의 출신지와 학교, 주변의 평가, 권력자와의 관계에 이르기까지 그는 해박한 지식으로 아이들을 이야기에 빠져들게 했다.

그는 그 일을 하느라 바빴고 자신을 돌볼 겨를이 없었다. 그가 불치병을 앓고 있다는 걸 아는 아이들은 없었다. 그의 이야기를 들으러 모인 아이들 가운데 어느 누구도 그의 끼니를 걱정하거나 지붕이 새는 데 관심을 갖지 않았다. 다만 눈을 반짝이며 밤이 늦도록 이야기를 듣다가 집으로 돌아가곤 했다.

그와 그의 집은 궁핍하며 돌봐주는 사람이 없다는 공통점이 있었다. 이웃들 역시 거의 마찬가지였다.

그의 이야기를 한 번이라도 들어본 사람이라면, 누구나 그의 기억력과 분석력과 끊임없이 솟아나는 새로운 일화에 놀라게 마련이었다. 그에게 책을 써보라고 권한 사람도 있었을 것이다. 그는 그런 일을 하지 않았다. 그에게 나가서 일을 하라, 결혼을 하고 아이를 낳고 지붕을 고치라고 말한 사람도 있었으리라. 병을 고치고 새 출발을 하라고 말한 사람도 있었을 것이다. 그는 그렇게 하지 않았고 그들의 충고를 따르지 않았다. 그것 때문에 이웃 사람들의 질시를 받았는지는 모르겠다.

그는 자신의 이야기를 들을 사람이 없을 때는 숲에 올라가 노래를 불렀다. 어쩌다 그의 노래를 들은 사람은 모두 그의 아름다운 목소리에 대해 한마디씩 하게 마련이었다. 그의 노래가 다른 사람에게 고통을 주었는가. 그렇지 않다. 그런데도 그는 패잔병처럼 버림받았고 불구자처럼 살았다. 다른 사람이 그를 그렇게 만들었는지, 그가 원했는지는 알 수 없다.

영웅과 영웅이 칼을 맞대고 병사와 병사가 숨죽이고 대치하며 예광탄이 어둠을 찢고 은은한 포성이 울리는 폐허는 매혹적이고 아름다웠다. 국경이 무너지고 진주군의 발소리가 탱크의 캐터필러 소리에 섞여 들리는 새벽은 상상만으로도 공포스러웠다.

아이들은 집으로 돌아가 꿈을 꾸었다. 꿈 이야기를 들은 가족은 다시는 그의 집에 아이를 보내지 않기도 했다. 그게 그를 낙망시키지는 않다. 그에게는 끊임없이 새로운 아이들이 찾아왔고, 그는 똑같은 이야기를 한 자도 틀리지 않고 언제든 되풀이할 수 있었다.

그는 전쟁을 일으킨 적이 없었고 전쟁터에서 병사를 지휘한 적도 없었고 심지어 전쟁에 참가한 적도 없었다. 세상 여러 곳에서 전쟁이 지나갔지만 그는 소집된 적이 없었다.

그리고 어느 날 그는 사라졌다. 그는 죽음의 형식을 빌려 우리 곁을 떠났던 것이다. 아이들은 그 사실을 이해하지 못했다. 어른들은 그가 '떠났다'고 했다. 아이들은 대부분 그렇게 기억했다. 그가 사라진 것이 다른 사람에게 고통을 주었다고 말할 수도 없다.

이제 그 아이들은 다 자랐을 것이다. 내가 자라 결혼했고 아이들을 기르고 있듯이 그들 역시 그렇게 살고 있을 것이다. 그때 아이였던 어른들은 전쟁이 났다는 소문을 들을 때마다 그를 기억할 것이다.

나는 그를 기억할 때마다 고통을 느낀다. 그가 이제 우리 곁에 없다는 것이 고통스럽다. 그는 이 세상 어느 누구보다도 위대한 역사가였다. 요컨대 그는 누구에게나, 그 자신에게도 무해무익했다. 오오 나는, 누구보다 위대한 이야기꾼이자 영웅인 그가 어린 영혼들을 지휘하여 세월과 세상을 상대로 한 세계대전에서 통쾌하게 싸워 전사했다고 기록하고 싶은 충동을 억누르지 못한다.

수집가

먼저 책장이 사방 벽을 가득 채운 방에 대해 말해보려 한다. 늘 오래된 책냄새가 풍기고, 군데군데 구멍이 난데다 오래된 장미꽃 나무 장식이 달린 소파가 덩그렇게 바닥에 놓여 있는 그 방.

천장에는 형광등이 매달려 있는데 요즘에는 보기 드문, 유리 파이프 두 개를 서로 여러 번 꼬아 끝과 끝을 합친 정교하고 아름다운 모습이다. 예술성이 뛰어난 일상용품이 대개 그러하듯이 이 형광등을 만든 사람은 불의 밝기라든가, 수명이 다했을 때 어떻게 할 것인지에 대해 고려해보지 않은 것 같다. 이 방의 형광등이 고장난다면 주인은 형광등을 통째 다른 모양으로 갈아버리거나 특별히 주문을 해서라도 똑같은 형광등을 만들어 달아야 할 것이다. 내가 알기에 이

방의 주인은 후자를 선택하고도 남을 만한 여유가 있고 장식과 수공품과 아름다움을 애호하는 사람이다.

주인의 여유와 애호는 방의 다른 부분에도 나타난다. 책장에 꽂힌 책은 세상의 온갖 분야를 망라하고 있다. 가령 수석·양돈·분재와 같은 실용적인 분야에서 역사·전기의 기록, 백과사전에서 자연과학·철학·문학·정치학·경영학 각론 분야, 야담·박제·사냥·괴기물 수집·분류학에 이르기까지 어느 한 분야를 파고들더라도 한 사람의 일생쯤은 충분히 잡아먹고 남을 목록이다. 책의 크기는 성냥갑만한 것에서 어른이 두 손에 장갑을 끼고 정중하게, 간신히 빼어들 수 있을 정도로 크고 무거운, 거의 무기에 가까운 중량물까지 있고 책이 아닌 것처럼 보이는 책, 책처럼 보이는 장식물도 있다.

그는 형광등과 책장에 가린 벽, 붉은 공단 휘장, 책이 함께 있는 방을 만들었다. 이 방을 만드는 데 일생을 소비했다. 그가 불법적인 사업을 했다느니, 돈을 벌면서 다른 사람을 괴롭혔다느니, 아이들에게 회초리를 자주 드는 매정한 아버지였다느니 하는 평판은 아무것도 아니다. 결과가 중요할 뿐, 과정에서의 시행착오는 그에게 큰 상관이 없는 일이다. 자기의 방에 자신의 물건과 책을 집어넣고 혼자 앉아 있으려고 전력을 다했던 것이다.

방은 비었다. 주인은 방을 만든 다음 외계로 떠났다.

그가 떠나고 난 다음 그의 딸들은 남몰래 그 방에 애인을 끌어들였고 그가 아끼던 오래된 전축을 고칠 수 없을 지경으로 망가뜨렸다. 먼지가 유난히 많이 나온다고 투덜거리던 과부는 기어이 문에 새 자물쇠를 달고, 휘장을 내리고, 불을 끄고, 문을 닫아걸고, 그다음에는 한 번도 방을 들여다보지 않았다. 그랬다.

그가 오래도록 살았다면 나는 틀림없이 불편했을 것이다. 그 방에서 책을 한 권 빌려왔기 때문에. 돌려주기 전에 그는 세상을 버렸다. 그 책을 펼 때마다 나는 그 방을 떠올린다. 이 무거운 책은 내게 그 방 구석구석, 책갈피 하나하나를 떠올리게 한다. 읽어보지도 않은 책, 실은 있는지 없는지 모를 물건까지. 그 방에는 이 세상의 모든 책이 있을 것이다. 그 모든 것을 나는 기억해낼 수 있다.

오래 묵은 책냄새가 나는 그 방. 바니시 냄새가 나는 반지르르한 바닥, 낡은 소파가 있고 이상한 형광등이 매달린 그 방. 방은 비었다. 주인은 오래전에 떠났다. 그러나 나는 그곳에 누군가 살고 있을 거라고 생각한다. 최소한 무엇인가, 방이라도 살고 있으리라.

나는 그곳에 내 첫사랑이 살고 있기를 바란다. 그녀는 스물다섯 해 전에 나를 떠났지만 이제는 돌아왔을지도 모른다. 황금빛 머리를 빗어내리면서 노래를 부르고 있다면 좋겠다.

나는 그곳에 나보다 먼저 세상을 떠난 친구들이 와 있기를 바란다. 그곳에서는 책을 좋아하는 사람이라면 망자라도 얼마든지 살 수 있을 것이다. 내가 문을 열면 그는 "안녕"이라고 생시처럼 한쪽 눈을 감았다 뜨며 인사를 해줄지도 모른다.

　그들이 오지 못한다면 그곳에 어처구니라도 살아주었으면 좋겠다. 어처구니는 나와 몇 해 전에 어느 책에서 만났는데 '상상보다 큰 물건, 사람'이라고 풀이되어 있었다. 나는 상상보다 큰 물건이나 사람이 무엇인지 알지 못하지만 어처구니가 그 방에 살아준다면 적당할 것 같다. 그 방은 이제 나의 상상보다 충분히 크고 아름답고 오래되었으리라.

　나는 거기서 첫사랑을 만나기를 바란다.
　나는 거기서 죽도록 책을 좋아하는 벗을 만나기를 바란다.
　그곳에서 나는 어처구니들을 다시 만날 것이다.

발명가

그는 파리를 잡기로 결심했다. 파리목숨이라는 말도 있지 않은가. 파리가 죽는 데는 특별한 이유가 없어도 된다. 그에게는 파리를 잡을 이유가 있다. 그는 식구들이 아침부터 일을 나가고 나면 저녁까지 혼자 집을 지켜야 했는데, 그의 낮잠을 방해하는 존재가 파리였다.

처음 그는 파리채를 샀고 파리채를 휘둘러 얻어걸리는 대로 파리를 때려죽였다. 그러다가 그 일이 낮잠을 방해하는 또다른 원인이 된다는 것을 깨닫고 파리약을 샀다. 파리약은 냄새 때문에 머리가 아프고 죽은 파리를 치워야 한다는 단점이 있었다. 파리들은 약으로 죽을 때에 모여서 죽는 법이 없었고 발에 밟히면 모기보다 훨씬 더 큰 자국이 났다. 일 나갔다 돌아온 식구들은 죽은 파리를 볼 때마다 질겁했다. 마치 자신들은 한 번도 파리를 본 적이 없는 것처럼. 어쨌든 그는 파리채나 파리약보다 더 유용하고 확실한 무엇이 필요했다. 그는 연구를 해보기로 했다. 연구, 그거야말로 그의 성격과 체질과 체격과 교육 수준에 맞는 일이라고 그는 생각했다.

그의 연구가 시작되었지만 가족들은 아무도 몰랐다. 스스로와, 식구 가운데 유일하게 놀고 있는 그를 먹여살리기 위해 바빴던 것이다. 그들이 그의 연구에 대해 알았다면 불평할 시간도 필요했을 것이며 그러면 더 바빠졌으리라.

그는 우선 죽은 파리를 한 마리 한 마리 모아들일 필요가 없어야 한다고 생각했다. 파리채로 잡든 파리약으로 잡든 죽은 파리를 집어서 모으든 여간 귀찮은 게 아니다. 파리는 제 발로 모여들어서 조용히 죽어야 한다. 죽어서도 흩어지지 않아야 버리기도 쉽다.

이 모두를 만족시키기는 어려운 일이었다. 파리는 사람처럼 연극이나 선거 유세를 보러 자발적으로 모이지 않는다. 파리는 파리가 올 만한 곳에, 올 만한 시기에, 올 만한 형편일 때 왔고, 그 모든 것을 짐작하기는 어려운 일이었다.

그는 또한 그가 가족을 위해 뭔가 한다는 것을 알려주고 싶었다. 가족을 위해 파리를 잡기도 한다는 것을 알려주고 싶었던 것이다. 그러려면 파리에 대해 잘 알 필요가 있었다.

파리는 파리목 환봉아목에 속하며 벼룩파릿과, 꽃등엣과, 광대파릿과, 초파릿과, 똥파릿과, 쉬파릿과, 꽃파릿과, 집파릿과, 검정파릿과 등을 통틀어 파리라고 일컫는다. 생식기관이 다른 곤충에 비해 크고 암컷은 몸에 수정낭이 있어 한 번의 교미로 오랫동안 수정란을 낳을 수 있다. 알, 애벌레, 번데기, 성충의 단계를 거치는데 빠른 것은 성충이 된 지 스물네 시간 만에 교미를 한다. 집파리, 검정파리, 쉬파리, 금파리가 일단 타도 대상이다. 모두 집 근처에서 생기고 병원체를 옮기며 낮잠을 방해하기 때문이다.

파리가 왜 발을 비비는가에 대해 나름대로 답을 얻은 것은 큰 수확이었다. 파리는 입이 아니라 발에 맛을 느끼는 세포가 있다는 것, 그래서 사람이 혀를 입안에서 놀리는 것처럼 파리는 발을 비빈다는 것을 알아내고 말았다. 그리고 세상에는 파리가 발을 비비는 것처럼 신체기관의 일부를 습관적으로 비벼대는 사람이 있다는 것도 알게 되었다. 주제에서 벗어난 일이지만, 부산물도 있었다는 뜻이다.

숙고 끝에 드디어 그는 놀랄 만한 물건을 만들었다. 거기에는 그가 오랜 세월 동안 낮잠을 희생하며, 파리도 잡지 않고 파리 속에 파묻힐 정도의 환경에서 고군분투한 집념과 땀이 들어 있었다.

그가 발명한 것을 두고 후세 사람들은 '파리 잡는 끈끈이'라고 이름 붙였다. 그러나 처음 그의 가족은 냉담했다. 그가 원시적인 형태의 끈끈이를 천장과 방문에 붙이고 나서 최초로 달라붙은 것은 파리

가 아니라 그의 형이었다. 물론 파리와는 달리 그의 형은 그 끈끈이
를 손으로 떼어낼 만한 힘이 있었다. 그의 형은 화를 낼 수도 있었고
잠자코 주는 밥이나 처먹고 있을 일이지 또 무슨 쓸데없는 짓을 하
느냐고 고래고래 소리를 치며 아우를 두들겨팰 수도 있었는데 이 모
두를 빠짐없이 실천에 옮겼다.

　그다음에는 그의 어머니 머리에 최초의 파리가 붙은 끈끈이 조각
이 달라붙었고, 그는 그것 때문에 한끼를 굶는 벌을 받았다. 게다가
청소를 좋아하는 그의 여동생이 파리가 붙은, 또는 붙지 않은 끈끈
이를 부지런히 걷어냈기 때문에 자신의 발명품이 얼마나 훌륭한지
식구들에게 보여주려고 한 그의 시도는 실패로 돌아갔다.

　그러나 한 군데, 파리가 가장 많이 돌아다니는 마을 공용화장실
입구에 설치한 것은 효과가 있었다. 파리들은 열광적인 지원병처럼
그의 끈끈이에 달라붙어주었다. 그리고 그가 기대했던 것보다 훨씬
더 많이 와주었다. 그는 파리에게 감사하는 마음으로 끈끈이풀에 파
리가 좋아할 만한 음식찌꺼기와 냄새를 첨가했다. 그들의 최후가 고
향에서처럼 편안할 수 있도록. 물론 이것도 여러 번의 시행착오와
연구의 산물이었다.

　반응은 동네 이웃들에게서 먼저 왔다. 왜냐하면 파리의 본거지,
곧 동네 사람들이 공동으로 이용하는 화장실에 붙은 끈끈이가 드나
드는 이들에게 깊은 감명을 주었기 때문이다. 더구나 그 동네에는

그처럼 파리를 날리며 낮잠을 자는 사람들이 많기도 했다.

이웃들이 그의 끈끈이를 하나씩 얻어갔기 때문에 그는 더욱 부지런히 끈끈이를 만들어야 했다. 나중에는 끈끈이를 만들 재료가 떨어져 끈끈이를 달라고 찾아오는 사람들에게 줄 게 없는 상황이 되었다. 그가 이런 사정을 설명하자 이웃들은 그가 재료를 살 수 있도록 몇 푼씩 돈을 주었다. 어떤 사람들은 재료비에 그의 노고에 따르는 사례비를 약간 붙여야 한다고 충고했다. 그는 부지런히 끈끈이를 만들었고 재료비와 사례비 역시 부지런히 받았다. 그는 식구 가운데 가장 바쁜 사람이 되었다.

이런 변화에 가족들은 모두 놀랐다. 그리고 끈끈이를 함께 만들어 이웃들에게 나누어 주는 일이 어쩌면 수지가 맞을지도 모른다고 생각했다. 식구들이 하나둘 끈끈이를 만드는 일에 가담했다. 이웃 동네에서, 그 이웃에서 끈끈이를 사러 오는 사람도 늘었다. 식구들이 모두 끈끈이를 만들기로 결정했을 때는 인근에 파리가 있는 집치고 끈끈이에 대해 모르는 사람이 없을 정도였다.

그의 끈끈이를 모방한 끈끈이가 생겨났고 논쟁이 벌어졌다. 누구의 끈끈이가 더 파리에게 인기가 있는가. 도대체 인기란 무엇인가. 어차피 파리의 수명은 짧고 인기 역시 유한하다. 맞아 죽는 것과 약에 취해 죽는 것과 파리가 되기 전에 애벌레 상태에서 죽는 것, 끈끈이에서 날개를 파닥이며 죽는 것, 이것이 파리 목숨에서 어떤 차이가 있는가. 논쟁 때문에, 논쟁을 하면서 틈틈이 끈끈이를 만드느라, 끈끈이를 만들면서 틈틈이 논쟁을 하느라 그는 단 하루도 낮잠을 잘 수가 없었다. 하지만 파리에 대한 이해는 한층 깊어졌다.

마침내 그는 파리에 대한 깊은 연구와 통찰을 통해 누구의 끈끈이보다 잘 붙고, 파리를 끌어들이는 데 효과적인 색깔과 냄새에, 자비롭게도 파리에게 자신의 목숨이 어디에서 끝나는 것이 좋을지 고민할 시간을 주지 않는 끈끈이로 특허를 출원했다. 특허는 즉각 승인되었다. 파리 잡는 끈끈이를 만드는 사람들은 그의 연구와 사려에 대해 경의를 표하고 그에 대한 금전적인 대가를 지불해야 했다.

이제 그는 어디를 가나 자신이 만든 끈끈이를 볼 수 있게 되었다. 사람과 파리가 함께 모이는 곳이면 어디나 그의 발명품이 붙어 있었다. 천장에, 벽에 붙어 오가는 파리를 잡았고 지나가는 사람의 관심을 끌었다. 마침내 그는 전국의 어느 집에서나 그의 발명품을 쓰게 되는 날이 오도록 하겠다고 결심했다. 그는 끈끈이를 대량생산할 수 있는 공장을 세우기로 했다.

공장을 세우는 데는 돈이 많이 들었다. 그의 식구들은 전력을 다해 끈끈이를 만들고 팔았다. 끈끈이풀과 끈끈이에 들어가는 방향제로 온 집안이 거대한 끈끈이처럼 변했다. 마침내 공장을 세웠을 때, 끈끈이는 더이상 인기 있는 물건이 아니었다.

사회 전체적으로 위생이 개선되면서 파리가 줄어들었다. 사람들은 각자의 집안에 화장실을 만들었다. 어떤 화장실은 수세식이었고 그런 집안에서는 파리를 보기가 어렵게 되었다.

결국 파리가 모자랐던 것이다. 잡아야 할 파리에 비해 끈끈이가 과잉생산되는 시대가 되었다. 파리 하나 없이 깨끗한 공장에서 끈끈이를 사러 오는 사람을 기다리다 지친 식구들은 다시 예전처럼 일을 나갔다.

그리하여 그는 오랜만에, 파리의 방해를 받지 않고 집안에서 낮잠을 잘 수 있게 되었다.

무위론자

그 친구가 우리 사이에 낀 건 언제부터였을까. 그는 우리 가운데 누구보다 든든한 직장과 우람한 근육질 몸을 가지고 있다. 주량이 세고 절제가 있다. 또한 성공적인 사회인 대부분이 그렇듯이 담배를 끊은 지 오래다. 아, 그는 또 우리가 가지지 못한 철학과 식견도 있는데 나는 기꺼움과 크나큰 기쁨으로 그것을 소개하고자 하는 바이다.

여러 친구가 모였을 때는 뭐니뭐니해도 한 사람을 따돌리고 약을 올리고 놀리면서 술을 마시는 것이 가장 큰 즐거움이다. 마지막에 그의 연금 상태를 해제해주고 또 술을 얻어마시는 재미도 특별하다. 우리 역시 그러하여 술자리 초반에는 누가 희생양이 될까 눈치를 보면서 조심하게 마련이다.

술이 적당히 속에 들어가면 참을성이 부족하거나 자랑하지 않을 수 없는 일이 있는 누군가 할 수 없이 희생양이 될 것을 각오하고 나선다. 가령 '이번 사업은 대단히 유망하다. 이제까지 나는 다른 사람의 도움만 받았으나 이제 이번 사업이 성공하면 도움을 주는 입장이 될 것이다. 도저히 실패할 수 없는 보람찬 사업이다'라고 침을 튀기면 그가 나선다. 그가 이야기를 들을 때면 그 우람한 몸집을 쑥 내밀고 시종 이야기하는 사람의 시선을 놓치지 않기 때문에 남들보다 훨씬 더 집중해서 경청하는 것처럼 보인다. 이야기가 끝나면 그는 물끄러미 이야기한 사람을 바라보면서 저 유명한 명언 "그라믄 머하노" 하고 툭 던진다.

상대는 놀라고 당황해서 허둥지둥 그 사업에 관하여 화려하고 웅대한 청사진을 보여준다. 물론 그는 이야기를 다 들어준다. 그러고 다시 "그라믄 머하노" 하고 싱겁게 격파한다. 상대는 필사적으로 사업 이익이 얼마나 클 것인가, 결국 그 사업이 성공하면 이 자리에 있는 모두가 약간씩은 덕을 보게 될 것이라고 과장까지 한다. 소용없다. 그의 마지막 결정타가 터진다. "그라믄 머할 낀데, 날도 더븐데." ("날도 더븐데"는 계절이나 날씨에 따라 바뀐다. 겨울이라면 "이래 추븐데"가 되고 비가 오면 "날궂이 할라카나" 같은 말이 붙는다.)

이때부터 가엾은 희생자는 좌중의 놀림감이 되고 만다. 그가 한마디라도 할라치면 사방에서 "그라믄 머하노"의 칼질이 쏟아지는 것이다. 종당에는 숨을 쉬는 것까지 시비를 걸어 "왜 한숨을 쉬어, 그라믄 머할 낀데" 같은 말이 만들어지는 판이니 한번 당하고 나면 좀처럼 그 모욕을 잊을 수가 없게 된다. 비분에 찬 몇몇이 모의를 해서 그를 모임에서 제외하자고 반기를 들었으나 그 역시 간단히 거부당했다. "빼면 머하노."

지치고 달관한 사람처럼 툭툭 내뱉는 사투리, '그러면 뭐할 것인가'라는 이 말이 어째서 당하는 사람에게는 그리 아픈 말이 되고 당사자 아닌 청중을 환호작약, 요절복통하게 하는 힘이 있는가. 다른 누가 흉내를 낸다고 해서 썩 잘되는 것도 아니다. 그 말을 하는 시기가 절묘하며 내용에 따라 강약 완급을 조절하고 그에 걸맞은 동작, 몸짓을 적절히 첨가하여 기를 죽이거나 김을 빼는 기술은 오직 그만이 구사할 수 있다. 어쩌다 그가 빠진 자리는 다리 하나가 온전치 못한 탁자처럼 불안하고 양념 없는 음식처럼 심심하다. 도대체 재미가 없다. 그런 연유로 그는 어디서나 항상 은근한 환영을 받는다. 그의 사회적 성공이 이유 없는 게 아니다.

그는 우리 모임에도 이루 말할 수 없는 에피소드와 윤기를 제공해왔으며 술값도 적절히, 충분히, 자주 냈다. 중요한 것은 자아도취자의 장광설을 객관적인 정신 상태로 들을 수 있도록 기여했다는 것이다.

아마 이 글을 보면서 그는 중얼거릴지도 모른다. "그라믄 머하 노."

낙천가

으흠. 내 친구는 이런 장사를 한다. 월부 책을, 종류나 품질에 관계없이 일정한 두께와 일정 수준 이상의 호화장정이면 누구에게나, 언제 어디서나 팔 수 있다고 장담한다. 글을 알든 모르든, 그 책이 필요하든 필요하지 않든, 돈을 낼 수 있든 없든(아 이건 좀 곤란하다, 물어봐야 하겠다), 남녀노소 불문, 희로애락애오욕 불문.

한번은 그가 장사하는 광경을 구경할 기회가 있었다. 그때 그는 『漢方의 古典 神醫 許浚의 東醫寶鑑』이라는 책을 팔고 있었다. 1천 쪽에 가깝고 정가는 3만 원. 허준에게 맹세코 내 친구가 그 책제목에서 아는 글자는 두 자밖에 없었다. '의'라는 한글 두 자 말이다. 나머지 글자의 발음은 멀찌감치 떨어져 구경하는 값으로 내가 미리 일러주었다. 내가 미리 적어준 글자는 이것 외에도 숙지황, 계피, 황기, 갈근, 천궁, 백두구, 구기자, 오미자, 십전대보탕, 귀비탕 등등이었다.

그는 트럭 위에서 책을 팔았는데 책에 관심을 보이는 사람이면 누구도 책을 사지 않고는 배길 수 없도록 만들었다. 아마 당신도 쉽게 빠져나가지 못할 것이다. 그 논리를 보자면 이렇다.

"자, 쌉니다. 싸요. 뭐가 싸냐. 책이 싸다는 겁니다. 책 한 권에 삼만 원이 뭐가 싸냐. 거기 지나가는 신사 숙녀분. 내 말 좀 들어보세요. 거기 지나가는 할머니, 내 말 좀 들으세요. 여러분이 몸이 허해서, 식은땀이 나고 배가 더부룩하고 늘 감기에 걸리고 기침 해소가 있고 잠이 안 오고 머리가 지끈지끈 아플 때, 한약방에 가지요? 가서 보약 한 제 먹는 데 얼마 받습니까? 삼십만 원은 받지요? 여자들이 손발이 차거나 저리고 소변보는 게 시원찮고 바람 불면 관절이 쑤실 때 먹는 보약에 십전대보탕이란 게 있지요? 흔한 약이라 알 만한 분은 다 압니다. 이중에서도 그 약 들어보신 분 있지요? 아, 할머니, 얼맙니까? 십 년 전에 쌀이 한 가마. 네, 맞습니다. 그런데 이 책에 보면 그 약에 대한 처방이 아주 자세하게 다 나와 있습니다. 이 책에 나와 있는 대로 증상을 판단해서 서울 경동시장이나 대구 한약방 골목에 가서 재료만 구해서 달여 드시면 됩니다. 자, 지금 어지러우신 분, 한약방에 가시는 분, 삼만 원을 주고 이 책을 사시면 재료비 합쳐도 십만 원은 그냥 버는 겁니다. 재료비는 이삼만 원이면 충분합니다. 자, 나만 먹고 마느냐. 내 식구가 먹으면 또 어떻게 되느냐. 책값은 뺐으니까 재료비만 들겠지요? 기가 죽은 아이들, 잔병 많은 아이들, 신경질 많은 안식구, 십만 원씩 버는 겁니다. 연로하신 부모님, 친척 어른들께 효도하고 돈 벌고. 이 책으로 말씀드리면 돈을 벌어주는 책이라는 겁니다."

그는 가끔 비닐 속에 든 한약재를 꺼내 흔들어 보이기도 하고 10만 원에서 3만 원이나 2만 원을 빼 보이기도 하는데 그 단계까지 가지 않더라도 이미 기십 권은 판다. 그는 그 책이 그만한 가치가 있다는 말을 할 뿐, 그 책이 현재 서점에서 얼마에 팔리고 있다는 식의 논리는 펴지 않는다. 그런 건 옷이나 가구, 전자제품을 팔 때 써먹을 논리로 아껴두는 것이다. 또, 약종상에 대해서도 이 세상 어딘가에 그런 가게가 있다는 것을 언급하는 것으로 충분하다고 한다.

문제는 책의 장정이고 두께이고 표지에 박힌 인물이다. 그것이 법률 관련 서적이면 변호사 비용에 대해 말할 것이고 세무에 관련된 것이면 세금의 무서움에 대해 말할 것이다. 그는 그 책을 사지 않을 경우에 드는 일상사의 엄청난 비용을 설명하는 데 한 번도 실패하지 않았다.

그의 트럭을 타고 가다 신호위반으로 적발이 됐다. 벌금 3만 원. 그는 하루 먹고살기 빡빡한 사람이라고 사정하고 다른 명목으로 만

원짜리 딱지를 끊었다. 이렇게 길을 가면서 2만 원을 가볍게 벌 수도 있다고 그는 설명했다.

그의 트럭이 사고를 내 부상자에 대한 피해보상으로 트럭이 날아갔다. 그는 목숨을 안 다친 것이 다행이라고 하고 돈이야 언제든지 벌 수 있는 것이라고 자신 있게 말했다.

소수파

할아버지는 땅을 많이 가지고 있었다. 그 땅에는 할아버지의 아버지가 산 것도 있었고 할아버지가 일군 것도 있었다. 할아버지의 아들이 산 것도, 할아버지가 산 것도 있었다. 그래서 할아버지는 땅이 많았다.

그런데 할아버지는 늘 소수파였다. 소수의 편을 들었다. 땅이 많은 사람은 적은 사람보다 소수다. 할아버지는 땅이 많은 사람의 편이 되기 위해 소수파가 되었을까. 그것만은 아닌 것이, 선거할 때 여당과 야당 후보가 있으면 야당에 표를 찍었다. 큰 야당과 작은 야당이 있으면 작은 쪽에 표를 찍었다. 그 당의 성향이나 정책이나 인물은 문제가 되지 않았다.

사람들은 할아버지를 골수 야당분자라고 이름 붙이고 두려워했다. 두려워한 이유는 그에게 땅이 많기 때문이었다. 할아버지는 한번도 소신을 굽히지 않았다.

선거 때가 되면 후보들이 인사를 왔다. 아니면 후보의 운동원이라도 찾아왔다. 그리고 자신을 지지해달라고 부탁했다. 할아버지는 땅이 많았고 그만큼 영향력이 크다고 후보들은 판단했을 것이다. 그러면 할아버지는 이렇게 말하는 것이었다. '나는 많은 사람이 지지하는 반대쪽을 찍겠다.' 자신을 지지하는 사람이 적은 후보는 당선될 수 없다. 차츰 후보들은 찾아오지 않게 되었다.

어느 해에 군부대가 마을에 들어오게 되었다. 들어오기 전에 형식적으로 여론을 수렴했다. 군부대가 마을에 들어오면 마을이 발전할 수 있다. 마을에 큰길을 내주고 마을이 발전할 수 있도록 하겠다. 군인들은 이런 말을 하고 다녔다. 많은 사람들이 찬성했다. 그래서 할아버지는 반대했다. 그해 군부대가 마을에 들어왔다. 약속한 대로 길을 냈는데 군부대로 들어가는 큰길은 구부러졌다. 마을에 군부대가 들어오는 것을 적극적으로 찬성한 사람의 논을 피하기 위해서였다. 그 대신 할아버지의 논밭을 가로지르게 됐다. 할아버지는 쓴웃음을 지었지만 뭐라고 하지 않았다. 할아버지는 땅이 많았다.

어느 해에는 새로 지방도로를 낸다고 했다. 관리들이 마을에 찾아왔다. 원래 있던 길 주변은 이미 충분히 발전했으므로 마을 앞으로 지나는 길을 내겠다고 했다. 그들 역시 새길은 마을의 발전에 도움이 될 것이라고 했다. 마을 사람들은 대부분 찬성했다. 할아버지만 반대했다. 그래서 새길은 할아버지의 땅을 가로질러 지나가게 되었다. 그건 군부대가 낸 길과는 달리 직선이었다. 찬성한 사람들의 논을 일부러 피한 것은 아니지만 할아버지의 땅을 도로가 먹어버린 것은 사실이다. 그에 대한 보상은 형편없이 적었다. 마을과 나라의 발전을 위해 어느 정도는 개인이 희생을 해야 한다는 논리 때문이었다. 할아버지는 다시 쓴웃음을 지었다.

어느 권력자의 종신 독재를 가능케 하는 개헌안을 두고 투표가 있었다. 관리들은 찬성 지지율을 올리기 위해 반대할 만한 사람을 파악하고 설득에 나섰다. 정 반대하고 싶으면 차라리 기권을 하라고 했다. 지지율이 높을수록 이 고장이 발전할 수 있다고 설명했다. 초등학교에서는 어린이들을 통해 찬성을 권유하는 전단을 집으로 보냈다. 할아버지의 손자 가운데 하나가 선거에 참여할 것, 찬성표를 찍을 것을 권유하면서 집집마다 돌아다녔다. 그렇게 하도록 학교에서 시켰기 때문이다.

손자는 할아버지에게도 똑같은 말을 했다. 할아버지는 장죽을 물고 물끄러미 손자의 말을 들었다. 손자는 무조건 반대만 하는 것은 무조건 나쁜 일이며 반대에는 확실한 이유가 있어야 한다고 선생님이 말했다고 이야기했다. 만약 자신에게 투표권이 주어진다면 무조건 찬성에 표를 찍겠다고도.

무조건 반대는 나쁘고 무조건 찬성은 좋으냐?

할아버지는 물었다.

무조건 반대하는 사람은 나라가 발전하는 걸 원하지 않는 사람이죠. 그런 사람은 나라 밖으로 나가야 해요.

무조건 찬성하는 사람은 나라가 발전하는 걸 원하는 사람이냐? 그런 사람은 나라 안에서 또 어디 안쪽으로 더 들어가느냐?

할아버지는 그렇게 묻고 손자를 물끄러미 바라보았다.

투표하는 날, 할아버지는 모자를 눌러쓰고 투표장으로 갔다. 그리고 반대에 표를 찍었다. 그때는 할아버지 땅이 많지 않았다.

할아버지는 손자를 데리고 시골을 떠났다. 많지 않던 할아버지의 땅은 산산조각이 났다. 땅이 조각난 다음 할아버지는 세상이 조각나도 소수파 지지를 굽히지 않으면서 살았다.

소설가

일요일 오전에 낯선 사내에게서 전화가 걸려왔다. 사내는 내게 시간이 있냐고 묻고 평소 내 시를 애독해온 독자라고 자신을 밝혔다. 내 시를 읽다가 중대한 가능성을 발견했으며 거기에 대해 의논하고 싶다는 것이다. 나는 막 휴가를 다녀온 끝이라 피곤하다, 며칠 뒤에 이야기하면 안 되겠느냐, 그리고 이 전화번호는 휴가 가기 직전에 바꾼 것이어서 아는 사람이 없는데 어떻게 알았는지 물었다.

사내는 마치 사람을 마주하고 빙그레 웃어가며 이야기하는 말투로 그 정도는 쉬운 일이라고, 그것만 가지고도 자신의 능력을 약간은 증명한 게 되겠으니 어쨌든 자신의 이야기를 들어보는 게 어떠냐고 물었다. 그 수상쩍은 말투와 무례함 때문에라도 나는 거듭 어떻게 내 전화번호를 알아냈는지 묻지 않을 수 없었다. 그는 기술을 약간 쓴 것뿐이며 자신의 제안, 대단히 매혹적이며 적어도 내게 해가 되지는 않을 제안을 다 들어준다면 그 기술에 대해 말해주겠노라고 했다. 사내가 이야기한 요지는 다음과 같다.

사내는 작가를 찾고 있다고 했다. 이 시대의 진정한 작가. 그래서 나는 소설가가 아니라고 말했다. 사내는 그건 상관없다, 자기가 찾는 것은 흔해빠진 소설가가 아니라고 했다.

작가가 되려면 우선 작가부터 소설처럼 살아야 한다. 소설처럼 살기 위해서라면 '소설 같은 거짓말' '소설 쓰고 있네' '소설 같은 소리 작작하라고' 할 때의 소설을 알아야 한다. 사내는 그렇게 생각해왔고 소설을 읽고 소설을 생각하고 소설을 이야기하는 한편 소설을 쓰려고 했다.

그는 동서고금의 소설 수백 종을 읽고 분석 연구했다. 소설은 외국에서 노블novel과 로망roman이라는 이름을 가진 근대문학의 양식이다.

아니다. 소설이란 길거리, 골목에 떠도는 이야기를 듣고 적어 지어낸 것이니라 街談巷說 道聽塗說者之所造也(『한서漢書』 '예문지藝文志').

아니다. 소설이란 평계이다. '뭐하고 사시오.' '글쓰고 삽니다.' '무슨 글?' '소설이라고 해두지요.'

소설은 분노다. 문장을 아나, 문장이 되나, 원고지 쓰는 법, 맞춤

법도 모르고 소설에 대해 아는 것도 전혀 없이 적당히 단어를 짜맞추고 남의 글을 베껴 집어넣는 재주만 가진 삼류 작가가 내로라하는 평론가를 데리고 텔레비전에 나와 인생을 다 안다는 듯이 떠들어대는 것을 눈뜨고는 못 보아주겠다며 그가 내게 제의한 것이 소설이다.

소설은 돈 버는 방편이다. 소설을 써서 돈을 벌고 그 돈으로 살고 또 쓰고 벌고 살고 쓰고. 월급쟁이가 월급을 타서 먹고 자고 출근하고 일하고 또 월급을 타는 것처럼. 직업이나 돈이라는 측면에서 본다면 오늘날과 비슷한 의미의 소설이 시작된 것은 16, 17세기에 불과하다. 그 시기는 화가들이 막 서명을 하기 시작하던 무렵이었다. 작곡가들도 제 이름을 붙인 악보를 팔 궁리를 했다. 글쟁이라고 남을 쳐다보고만 있겠는가. 활자가 개발되어 무엇이든 이야기로 써서 찍기만 하면 돈을 벌게 될 참인데. 그래서 시작된 게 소설이다. 거리에서 사람을 모아놓고 이야기를 해준 다음 모자를 돌리는 직업. 살롱에서 귀족들의 벌린 입에 파리를 집어넣고 주머니를 터는 직업. 안정성이 부족한 이 직업을 극적으로 개량한 것이 종이에 기록해서 서명하고 파는 소설이다.

영향력. 그렇다. 영향력도 중요하다. 김만중은 『구운몽』을 써서 어머니를 심심치 않게 해드렸다. 허균은 『홍길동전』을 써서 체제변혁을 꾀했다(그러나 소설은 가장 급진적인 소설이라 하더라도 직접적인 변혁을 가져오지는 못한다. 책에는 발이 없고 무기도 없고 고함소리도 없다. 책이 가진 힘은 영향력뿐이다). 그림자처럼, 있는 듯 없는 듯, 없을 수는 없고, 직접 행동하지는 않으나 남을 행동하게 하고 생각게 하는 힘, 그게 영향력이다.

오늘날의 소설가는 여론 선도자이자 지식인이며 텔레비전 토론 프로그램에서 초대할 만한 사람이다. 영향력 때문이다. 소설을 팔고 난 다음에 갖게 되는 엉뚱한 부수입, 인세 수입을 배라고 한다면 배꼽에 해당하는 그것 말이다. 영향력으로 군림하고 영향력으로 설득한다.

한 소설가가 소설을 써서 100만 부를 팔았다면 정치에 관해 이야기할 수 있다. 그것이 영향력이다. 300만 부를 팔았다면 나라끼리의 전쟁에 관해서 논평할 수 있다. 천만 부를 팔았다면 진정한 연애에 대해서 말할 수 있을 뿐만 아니라 사상과 철학에 관해서도 약간은 언급할 수 있다.

영향력을 가지려면 소설이 많이 읽혀야 한다. 읽히려면 많이 팔려야 한다. 팔리려면 흥미로워야 하고. 흥미로우려면 소설의 전개가 빠르고 독자를 빠져들게 해야 한다. 독자가 빠져들게 하려면 어떻게 해야 하는가.

사내는 말했다. 그것을 모르는 까닭에 소설가이면서 굶어죽은 사람이 얼마나 많은가. 그렇다면 굶주림이 소설가의 직업병인가, 나는 당신이 말하는 그런 소설가가 아니니 얼마나 다행인지 모르겠다고 응답했다. 그러자 사내는 두려울 정도로 매혹적인 제안을 했다.

자신의 이론에 나의 문장을 결합하면 더이상 굶어죽는 소설가가 나오지 않게 된다. 왜냐하면 다른 사람들은 더이상 소설을 쓸 필요가 없기 때문이다. 그들은 내가 소설을 쓰는 한 소설로 먹고 살 수 없다는 것을 깨닫고 전업을 하거나 다른 일을 해보다가 굶어죽더라도 굶어죽을 것이다.

나는 내가 듣기에도 연약한 목소리로 항의했다. 나의 문장이란 역대의 문호는 고사하고 현재의 대문사들, 아무개 아무개 등등의 영향력 있는 작가들, 그 아래에 포진한 철옹성 같은 일류들, 일단 수적으로도 엄청난 이류, 양적으로 엄청난 삼류의 문장에 비해서도 손색이 있다. 도대체 나는 소설을 써본 적도 없다. 그런데 나의 문장이라니!

사내는 아직까지 소름이 끼치는 여유와 정확성을 가지고 말을 이었다.

옛날에는 글쓰는 사람 자체를 문장이라고 일렀다. 조각난 글만 보고서도 글에 대한 감각과 자세, 재주를 충분히 알 수 있는 법이다. 자신은 이미 내가 쓴 몇몇 산문시에서 문장의 가능성을 발견했다는 것이었다. 나는 과거에 산문에 가까운 시, 시에 가까운 산문을 전후 대책 없이 몇 편을 발표한 적이 있다. 남들도 다 그렇게 하니까. 그런데 그것만으로 문장을 알아보았다니!

사내는 자신이 원하는 문장에 대해 이야기했다. 오늘날 문장은 위기에 처해 있다. 정보통신과 언론, 미디어, 영상문화의 폭발과 유통 체계의 획기적인 변화가 문장의 성격을 본질적으로 변혁하도록 요구하고 있다. 신문, 방송 등 언론은 문장보다 훨씬 짧은 역사에도 불구하고 자신의 특성에 맞는 전달 방법, 설득력을 높일 수 있는 구조를 만들어냈다. 텔레비전의 아나운서, 사회자, 코미디언의 말 한마디에 일희일비, 환호작약, 경악 분노하는 수많은 시청자를 보라. 신문이 하루 수십 면씩 내놓는 살아 있는 정보, 전문가를 마음대로 동원하고 요리하는 능력, 그 엄청난 영향력은 또 어떤가. 게다가 인터넷이라는 희대의 강적이 등장했다.

언필칭 문장가들은 그동안 도대체 무엇을 했는가. 텔레비전이, 신문이, 인터넷이 청소년들의 언어생활에, 정서 함양에 악영향을 끼친다고 투덜거리고, 그것도 조그맣게, 그들에게 미움을 받으면 곤란하니까, 청소년들의 언어생활과 정서 함양에 도움이 된다고 믿는 유일한 매체, 교과서(또는 그와 비슷한 공인된, 재미없고 딱딱한, 너무 딱딱해서 못박는 데 써도 될 정도인 책)에 자신(또는 자신과 같은 편, 과거 자신이 사숙한 사람)의 문장을 실으려고 저희끼리 치고받는 싸움이나 해대지 않았는가. 한편에서는 텔레비전과 신문, 인터넷을 이용해서 팔아먹으려고 획책하고 한편에서는 그걸 욕하면서 잠시 뒤 슬쩍 그 방법을 빌려오고 잘 안 되면 동시대인의 무지, 속물성을 탓하고.

손쉽게 대중이 좋아하는 역사물에 안주하고 연재소설 같은 달콤한 수입에 연연하고.

그게 아니냐. 그럼, 실험이라는 이름으로 문장 아닌 문장을 문장이라고 강변하고 사람들이 속아넘어가는 데 재미 들여 남이 뭐라 하든 반짝하는 찰나, 하루살이처럼 덧없이 사라지는 것을 미덕으로 알고 반짝, 하고 죽고 반짝, 하고 사라지고. 그렇게 할 권리가 어디에 있는가. 문장가들은 도대체 어디에 있었는가.

사내의 목소리에는 시대를 염려하는 충정과 협박에 가까운 진실이 들어 있어서 조심하지 않을 수 없었다. 나는 물었다. ⋯⋯그렇다면 당신이 말하는 제대로 된 문장이란 무엇인가. 신문과 텔레비전과 인터넷, 교과서와 또 뭐⋯⋯ 그런 쓰레기 사이에서 피어나는 나팔꽃 같은 문장이란 무엇인가.

사내는 대답했다. 우선 짧고 정확해야 한다. 즉 시에 가까운 함축성을 갖춰야 한다. 아울러 산문의 묘사력, 서술성을 최대한 활용할 줄 알아야 한다. 사변적이기보다는 논리적이고 감각적일 것. 자신보다는 읽는 사람을 생각하고 그 입장에서 받아들일 수 있는 어휘, 속도를 생각할 것. 매력적이고 설득력 있는 문장을 쓸 수 있는 타고난 재능이 있을 것.

또한 재미있으려면 자신부터 재미있다고 생각하는 문장을 쓸 것. 제가 재미없게 쓰면서 남이 재미있게 읽을 것이라고 착각하지 말

것. 슬픈 문장을 쓰려면 제가 먼저 슬퍼할 것. 제 스스로 발끝을 세우고 턱까지 차올라 찰랑거리는 눈물을 바라보며 한 문장 한 문장을 쓸 것. 곧 감성적으로 충일한 상태에서 감성적인 설득력이 나온다는 것을 명심할 것. 결정타는 자신이 가지고 있는 천재적인 심미안으로 모든 소설을 섭렵하고 난 다음 내린 결론, 틀리려야 틀릴 수 없는, 지구가 돌고 있다는 사실과 같은 수준의 명백하고 아무도 의식하지 못하는 '이론'에 근거하여 힘차게, 뒤돌아볼 것도 없이, 누가 뭐라 하든 말든 써내려가는 뚝심, 또는 신앙심이라고 했다.

두렵게도 그런 가능성이 내게 있다는 것이다. 자신과 합작하여 문단을 아우르고 문장을 오로지하고 시장을 독점하자는 제안이었다. 나는 기가 차고 숨이 막혀 침묵할 수밖에 없었다.

내가 침묵하는 동안 사내는 내 후진 두뇌의 신경세포 간에 벌어지는 폭죽놀이를 상상하듯이, 증기기관차처럼 가슴을 울리는 고동 소리를 음미하듯이 함께 침묵하고 있었다. 한참 뒤에 나는 쉰 목소리로 그 이론이 무엇이냐고 물었다. 송화기를 거쳐 수화기로 들려오는 그 목소리가 내게는 남의 소리처럼 희망차고 욕심 사납게 들렸다. 부끄럽게도.

여기에 가설이 하나 있다. 당대를 오로지할 소설을 쓰는 방법인 것이다.

우선 주인공이 잘생기고 능력이 있는 사람이라야 한다. 남자면 육군 일개 사단 속에 섞여서 식사를 하고 있는 중이라도 알아볼 수 있는 미남, 여자면 백설이 만건곤한 가운데 솟아오른 명월처럼 눈에 띄는 미인이어야 한다. 세상을 놀라게 할 수 있는 능력은 현재 있어도 좋고 개발되는 중이라도 좋다. 가까운 시일 안에 발휘될 수 있는 능력이라면.

주인공은 자신의 의사나 책임과는 상관없이 좌절을 겪어야 한다. 가령 부모가 급사를 한다든지 정적의 모략으로 집안이 몰락한다든지. 주인공은 바닥에서 출발하여 간난과 신고 끝에 신분이 상승해야 한다.

주인공에게는 적수가 있어야 한다. 철천지 원한이라면 더욱 좋다. 그 원수를 쳐부수었을 때 부와 권력, 사랑을 얻는 게 보장된다면 금상첨화다. 양념으로 기연奇緣이 있으면 좋다.

고난, 복수, 신분상승, 적수, 이것이 핵심이다. 셋 이상, 아니면 네 가지 다. 하나로는 부족하다.

사내는 예를 들었다. 뒤마의 『삼총사』, 스탕달의 『적과 흑』. 신분상승, 적수, 고난과 복수, 네 가지가 다 들어 있다. 그리고 『아라비안 나이트』의 가장 흥미로운 에피소드들(가령 중국에서 넘어간 것으로 추정되는 「알라딘과 요술램프」) 역시 그러하다. 나관중의 『삼국지연의』에서 돗자리 짜던 유비의 성공담은 너무 전형적이라서 남들이 이 비밀을 알아차릴까봐 걱정이 될 정도다. 성공한 사람이 쓴 자서

전은 대부분 신분상승과 고난이라는 두 가지 핵심을 담고 있다. 그중에서도 찰리 채플린과 무용가 니진스키의 것이 볼만하다고 사내는 충고했다. 미국 대통령들의 회고록도 그렇다. 대통령이 되기까지 나무를 뻈다가 아버지에게 혼이 났다든지(조지 워싱턴), 통나무집에 살았다든지(에이브러햄 링컨), 정상 일보 전에서 명문 거족의 젊은 녀석에게 얻어터진 경력(리처드 닉슨)이 있다. 신분상승, 라이벌, 고난, 사랑, 투쟁, 승리가 있는 것이다. 사내는 내가 그만, 하기 전까지는 얼마든지 예를 들 수 있을 것 같았다. 그래서 나는 그만하시오, 제발 하고 소리쳤다.

누구나 잘 팔리는 소설을 쓸 수 있다. 핵심을 명심한다면 말이다. 사내는 이 범주를 벗어나서 잘 팔리는 소설이란 있을 수 없다, 있다면 제 손에 장을 지지겠다고 했는데 불행히도 이 모든 것이 내게는 소화하기 어려운 주문이었다. 너무나 어려운. 나는 전화를 끊기로 마음먹었다.

그래서 그 제안을 진지하게 검토해보겠으며 기회가 닿는 대로 만날 수 있었으면 좋겠다고 말했다. 사내는 모든 것을 충분히 안 지금, 당장 응답을 하는 게 어떠냐고 물었다. 그리고 이 이야기는 비밀이 지켜져야 하므로 그 비밀을 안 이상 나는 그의 제안을 거부할 수 없다고 협박조로 말했다. 나는 누대에 걸쳐 신을 섬기며 독실한 신앙심을 유전한 집안의 일원이며 비밀 엄수와 천국행 열차표의 상관관계에 대해 알고 있다, 오늘은 이만하고 다음에 꼭, 꼭 만나자고 했다. 그래도 사내는 전화를 끊지 않았다.

나는 애원했다. 휴가 동안 애가 수족구병에 걸려 입안이 허는 바람에 아무것도 못 먹고 있다. 일요일이라 병원도 못 가고 내일부터 의사들이 모두 휴가를 갈지도 모른다. 아이는 내내 울고 아내가 신경질을 내는 바람에 제정신이 아니다. 그 핑계로 간신히 전화를 끊을 수 있었다. 마지막으로 나는 사내에게 내 전화번호를 어떻게 알았느냐고 물었다. 사내는 껄껄 웃으면서 114에 물어보았다고 했다.

그 사내는 아직 자신이 직접 잘 팔리는 소설을 쓰지는 못한 것 같다. 아니, 다른 누구와 벌써 합작을 했는지도 모르겠다. 새로운 상대가 마음에 들었는지, 그렇게 쓴 책이 잘 팔리고 있는지도 모른다. 어쨌든 그 사내에게서 다시 연락이 오지는 않았다.

어느 일요일 오전에 그런 이야기가 있었다. 혹시 잘 팔리는 소설을 쓰려는 사람에게 참고가 될까 하여 적어둔다.

추가 내용

최근 그 사내로부터 연락을 받았다. 사내는 자신은 잘 지내고 있다면서, 나 역시 그러한가 묻고 대뜸 그 비밀을 아직 지키고 있을 줄로 믿는다고 했다. 나는 물론 그렇다고 하고, 그 비밀을 지키지 않으면 무슨 일이 생기는지 물어보았다. 그는 최근 급사한 몇몇 외국 문인들의 예를 들며 그들이 세계문학전집에 자신의 작품을 올리는 정도에 만족했으면 좋았을 텐데, 세속적이고도 하찮은 영향력에 관심을 기울인 것이 죽음의 원인인 것 같다는 둥, 오존층의 두께가 점점 얇아지는 것이 살인청부업자들로 하여금 전직을 고려하게 하는 원인이 되고 있다는 둥, 사람을 산 채로 매장하는 데는 사적인 비밀을 조작해서 황색언론에 제보를 하거나 몰래카메라로 찍은 영상을 인터넷에 올려놓음으써 얼굴을 들고 다니지 못하게 하는 방법이 있다는 둥 별별 엉뚱한 소리를 늘어놓았다. 나는 사내가 떠드는 동안 얌전하게 듣고 있었으며 먼젓번처럼 그만하라든지 아이가 아프다든지 하는 소리도 하지 않았다.

마지막으로 사내는 내 소원이 살아 있는 동안에 죽은 문호들과 나란히 세계문학전집에 이름이 올라가는 게 아니냐고 물었다. 나는 감히 상상할 수도 없는 일이라고 조그맣게 대답했다. 사내는 아무리 사소한 비밀일지라도 지키면 어느 땐가 뜻밖의 보답을 받는 일이 있다고 말하고 전화를 끊었다.

직업

당신은 이런 직업을 가진 사람을 보지 못했는가. 동물원에 출근하는 사람 중에 유난히 얼굴이 희고 말이 적으며 체구도 작은 사람이 있다. 남들처럼 그도 통근버스에서 내리면 커피를 한 잔 마시면서 인사를 나누고 서류를 정리한다. 혹은 창밖을 내다보며 하루일과를 계획하기도 한다. 윗사람에게 가끔 잔소리를 들을 때도 있고 동료에게 얼굴을 붉히기도 하는데 그 정도는 누구나 하는 것이다.

그는 안정된 직장을 가진 사람답게 이십대 후반에 결혼했고 아들을 하나 두었다. 집에서는 그를 국립 동물원에 근무하는 공무원이라고 대외적으로 말한다. 그건 사실에 가까우나 사실이 아니다. 그를 정식 공무원이 아닌 준공무원으로 볼 수는 있다. 그러나 틀렸다. 정확히 말하면 공무원들이 필요해서 불러다 쓰는 일용직 청소원이다. 그러나 이 청소원은 다른 사람으로 대체할 수 없다.

그가 자신의 일에 자부심을 가지고 있는지는 알지 못한다. 자신의 존재에 대해서는 세상 누구나 그렇듯이 자부심을 느끼고 있다. 이 세상에 그를 대체할 사람은 아무도 없다. 그거야 물론 당신도 마찬가지고 나도 그렇다.

당신은 양치질이 반드시 필요한 일이라고 생각하는가. 양치질을 하지 않으면 충치가 생기기 쉽다. 입안에서는 발효와 부패가 진행되고 냄새가 난다. 냄새가 심해 사람이 가까이 오지 않을 수도 있다. 또 잇몸병이 생길 수도 있으며 이가 빠질 수도 있다. 그렇지만 칫솔을 몰랐던 고대인들의 튼튼한 이가 발굴되는 것은 어찌된 일인가. 양치질을 안 해서 죽은 영웅이 있던가.

인간에 가깝다는 유인원 가운데 양치질 문화를 향유하는 족속이 있을까. 하물며 인간하고는 먼 양서류나 파충류, 고양잇과의 동물 가운데 양치질을 원하는 족속이 있을 리 없다. 양치질은 문화적 행위인가, 생존을 위한 일인가.

마찬가지 논제로 물건에 광택을 입히는 일이나 화장을 들 수 있겠다. 이것은 물건의 수명을 연장하거나 인상을 보기 좋게 하는 효용은 분명히 있다. 아, 그러나 그것이 없으면 존재할 수 없다거나 가치가 엄청나게 달라지는 일은 없을 것이다. 화장을 할 수 없다고 자

116

살하는 사람, 광택이 없어서 멈춰버린 기계. 볼만한 뒤죽박죽이 되겠다.

그런데 동물원의 일용직 청소원으로 상근하는 이 사람이 하는 일, 누구도 대신할 수 없는 일은 바로 맹수의 양치질이다. 양치질은 훈련된, 사회적인, 나아가 자기 보존을 위한 자발적인 행위 아닌가. 맹수들은 양치질을 하도록 훈련받은 적이 없으며 동물원에서 사회적 성공을 기약하는 것도 아니고 자발성은 더구나 없으니 그가 양치질을 대신 해주는 것이다. 가령 사자. 식사를 하는 동안 그는 양치질 도구를 들고 우리 앞에서 기다린다. 사자는 그의 존재를 알고 있다. 그래서 양치질을 하는 날이면 닭을 빨리 먹고 양치질이 귀찮으면 천천히 먹는다. 어쨌든 식사가 끝나면 그는 우리 안으로 들어간다.

경우에 따라서는 특수 제작한 보호장구를 하고 사자를 대면하기도 한다. 그러나 보호장구를 하지 않고도 큰 문제가 생긴 적은 없었다. 사자 우리 안에 들어간 그는 신중하고 교묘하게 사자의 입을 벌린 다음, 잇새에 낀 고기를 빼내고 이빨이나 잇몸에 달라붙은 오물을 벗겨낸다. 사자들은 그가 공무원이 아닌 일용직이라는 사실은 모르지만 최소한 자신을 해치지는 않을 것이라는 점은 알고 있는 듯하다. 사자들은 차례로 입을 벌리고 양치질을 하고 제자리로 돌아간다.

치과용 도구를 쓸 일이 생기면 그건 수의사의 몫이다. 그는 양치

117

질을 하면서 이빨 상태를 파악하고 수의사에게 보고하기도 한다. 사자가 끝나면 호랑이, 자칼, 코뿔소, 표범, 치타 등등의 맹수들이 있다.

당연히 그가 싫어하는 고객이 있다. 악어. 악어는 악어새라는 직업적인 경쟁자가 있다. 더구나 악어는 양치질보다는 양치질해주는 존재가 먹을 만한가에 훨씬 관심이 많아 늘 기분 나쁜 눈길로 그를 평가하곤 한다.

상어도 양치질을 하게 된다면 골칫거리가 될 것이다. 빠져도 얼마든지 돋아나는 풍족한 이빨의 밭을 입안에 감추고 있기 때문이다.

공룡이 나오는 영화를 보면 그는 남들과 다른 이유로 전율한다. 저 튼튼하고 커다란 이빨을 한번 양치질해보고 싶다, 아직은 하지 않아도 되니 얼마나 다행인가, 하는 이중의 감상에 사로잡혀 한숨을 내쉬기도 한다.

이따금 그가 다른 직업을 원하는지도 모른다. 잠자는 사자의 코털을 건드려서 하염없이 우리 안을 도망다닐 때, 호랑이의 꼬리를 밟아 그 꼬리로 뺨을 맞을 때, 어느 때는 악어의 눈물을 닦아주면서.

웃지 않고 이야기할 수가 없다

수박은 우습다. 쪼개보면 겉 다르고 속 다른 게 드러나며 하나의 반쪽이 나머지 반쪽을 언제 봤느냐는 식으로 싹 돌아선다.

여행객 셋이 밀림을 가다가 식인종을 만나 사로잡힌다. 추장은 관습에 따라 그들을 음식 재료가 되는 징벌에 처한다. 그러나 세 사람 다는 아니고 우선은 한 사람만 잡아먹겠다고 한다. 누가 먼저 솥에 들어가겠는가. 세 사람은 얼굴을 마주본다. 서로 고개를 젓는다. 이때 친절한 추장은, 우리 부족에게는 오래된 게임이 있다, 저 밀림에 들어가서 과일을 따서 마을 가운데 있는 키 큰 나무 아래로 가져오라, 그것을 가지고 선착순으로 솥에 들어가는 순서를 정하겠다고 제안한다. 세 사람은 말세에 사과나무를 심는 심정으로 추장의 신호에 따라 밀림으로 뛰어든다. 그리고 각자 과일을 구해 전속력으로 달려온다.

첫번째 사람은 자두를 따가지고 온다. 이때 추장이 험악한 얼굴로 나무에 오르라, 뛰어내려서 그것을 항문 안으로 집어넣어라, 그러지 않으면 펄펄 끓는 물에 곧바로 집어넣겠다고 외친다. 첫번째 사람, 나무에 기어올라가서 바지를 벗은 다음, 죽을힘을 다해 뛰어내린다. 결국 성공한다. 그사이 나무 아래에 와서 그 광경을 보고 있던 두번째 사람은 걱정에 휩싸인다. 그는 참외를 들고 왔던 것이다. 과연 그걸 집어넣을 수 있을까. 하필이면 참외를 들고 왔을까, 밤이나 대추도 있는데. 참외는 잘 깨지고 무엇보다 지긋지긋하게 크다. 그는 스스로의 불운을 한탄하며 나무에 오른다. 그리고 바지를 벗고 뛰어내리려다가 갑자기 눈물을 흘리며 웃기 시작하더니 나무 밑으로 떨어져서 죽고 만다. 그가 본 것은 멀리서 세번째 사람이 수박을 양 옆구리에 끼고 헐레벌떡 달려오고 있는 광경이었다.

거북이 가족이 소풍을 갔다. 집에서 뚝 떨어진 강 건너 숲까지. 가는 데는 하루가 걸렸다. 도착해서 자리를 펴고 김밥을 꺼내고 사이다를 꺼내고 하는 것은 사람의 가족이나 거북이 가족이나 마찬가지다. 김밥과 사이다를 안 먹으면 소풍이 아니다. 그런데 병따개를 가지고 오지 않았다. 아버지가 여러 새끼들 가운데 막내에게 병따개를 가지고 오라고 일렀다. 집이야 빤히 보이는 데 있으니까. 막내는 막내답게 떼를 쓰면서 가기 싫다고 했다. 그래서 아버지는 맏이를 보고 말했다.

"역시 네가 다녀오는 게 좋겠다. 넌 우리 식구 가운데 걸음도 제일 빠르잖니."

맏이는 볼멘소리로 다녀오기는 하겠지만 그사이에 다른 식구들이 김밥을 먼저 먹어서는 안 된다고 했다. 아버지, 어머니, 남동생들, 여동생들, 막내까지 모두 맹세했다. 맏이는 길을 떠났고 가족은 그늘에서 쉬며 기다렸다. 하루가 지났다. 가족들은 지겨워하기 시작했다. 배가 고파 죽을 지경인데 사이다 때문에 김밥을 못 먹는 게 말이 되느냐. 막내가 투정을 했다. 사이다를 안 먹어도 좋다, 어서 김밥을 먹자고. 아버지, 어머니는 맏이가 올 때까지 기다리기로 약속을 했으니 기다려야 한다고 달랬다. 그러나 나중에는 모두 허기가 져서 투정하거나 말릴 기력도 없었다. 그래서 일단 먹고 보자고, 맏이 몫은 남겨두었다가 오면 주자고 합의했다. 가족들은 김밥을 싼 포장을 벗겼다. 그때 숲에서 번개처럼 맏이가 뛰어나오더니 가족들을 손가락질하며 외쳤다.

"내 그럴 줄 알고 안 가고 지켜보고 있었지."

어떤 대머리 독재자가 지옥에 갔는데 생전의 죄악을 속죄하는 뜻에서 감방 하나를 꽉 채울 정도의 담배를 피우라는 징벌을 받았다.
50년쯤 있다가 형리가 감방 문을 열었더니 그는 벽에다 쉬지 않고
머리를 부딪치고 있었다. 그의 머리는 생전에 돌처럼 단단하다고 알
려져 있었다. 형리가 물었다.

"너, 왜 그러고 있는데?"

"라이터를 안 줬잖아. 불을 붙이려고."

이러니 라이터나 담배를 볼 때마다 웃지 않을 수 있는가.

내가 아는 작가 B.B는 애인이 쓴 작품을 자기 이름으로 발표하면
서 그 대신 애인에게 결혼해주겠다고 했다. 그가 그 약속을 실천했
는지는 모르겠으나 그의 이름으로 발표된 희곡은 그 수가 적지 않고
성향에서 많은 차이가 나며 대부분 기념비적인 작품으로 평가되었
다. 알려진 그의 애인은 네 명이었던가. 그 진지한 희곡을 읽으면서
웃지 않을 수 없었다.*

곧 사라질 사어死語들, 식인종이나 가족 소풍, 대머리 독재자가 이
렇게 우스개에 기생하여 잔명을 보존해가고 있는 것을 기이하게만
볼 일이 아니다. 웃음이야말로 약한 자의 영원한 숙주이다. 사어라
니? 그것들이 아직도 세상 어디에든 있지 않나. 이렇게 물을 사람을
위해 말해두거니와 그저 있는 것, 간신히 있는 것과 남들처럼 보란

듯이 평범하게 살아가는 것은 아주 다른 것이다. 그대 독자와, 그대가 가장 미워하는 미미하고 하찮은, 잔악스러운, 결코 사라지지 않는 존재가 다르듯이, 그렇다.

이제 기억하시겠지.

식인종. 소풍. 대머리 독재자. 기념비적인 작품. 아싸 가오리. 노가리……

---

* 그의 전집 가운데 어느 글이, 그의 애인이 썼는지 본인이 직접 썼는지는 알 수 없지만 이 글과 상관이 있는 것 같아 소개한다.
　일부 미술가들은 세계를 관찰할 때, 철학자들 가운데 많은 이가 그렇듯이 관찰 그 자체를 중시한다. 곧 형식에 빠져서 소재를 잊어버리는 것이다. 난 언젠가 정원사의 집에서 일한 적이 있다. 정원사가 나한테 전지가위를 하나 주었다. 그걸로 화분에 담긴 월계수를 둥그런 모양으로 다듬으라는 주문인데 그렇게 한 다음 축하행사에 빌려줄 것이라 했다. 나는 제멋대로 뻗은 가지를 잘라내고 둥그런 모양으로 만들려고 했는데 아무리 애를 써도 맘대로 되지 않았다. 한 번은 이쪽을 너무 많이 잘라내고 한 번은 저쪽을 너무 잘라내고 하는 식이어서 나무가 형편없이 작아지고 말았다. 마침내 둥그런 모양이 되었을 때 정원사가 말했다.
　"좋아, 둥글긴 한데. 그런데 월계수는 어디 있지?"

버릇

김金은 주변 사람에게 대체로 존경을 받는 사람이다. 가족으로부터, 직장에서, 친구에게서. 친구에게 존경받는 일은 대단히 어려운 일인데, 그를 아는 사람치고 그를 존경하지 않는 거의 유일한 사람은 그가 다니는 직장 맞은편 식당 여주인이다. 누가 뭐라고 해도 그 여주인은 자신의 견해를 철회하지 않을 것이다. 왜냐하면 식당 주인이란 손님이 밥 먹고 술 마시는 버릇, 식당에서의 언행, 그리고 얼마나 식당을 자주 오는지를 두고 인간성을 판별하고 존경할지 말지 결정하기 때문이다. 김이 남다른 주벽이 있다거나 그 식당에 자주 안 간다거나 하는 것은 아니다. 밥을 먹을 때 트럼펫 소리를 내는 것도 아니고, 밥 먹는 동안 트럼펫을 쉬지 않고 불어달라는 것도 아니고,

좌우간 특별할 게 없다. 그에게는 단 한 가지, 식당 여주인에게 존경받지 못할 이유가 있다.

그가 술을 주문할 때 처음에 주문한 양만큼 반복해서 주문한다는 단순한 버릇이 그 이유다. 예컨대 소주를 한 병 주문하면 그다음에도 한 병이고 그다음에도, 그다음에도 끝까지 한 병이다. 세 병을 주문하면 그다음에도 세 병씩이며 그만큼을 꼭 비우고 일어선다. 그것이 문제가 된 것은 크리스마스 전날 밤, 그와 내가 대작하기 시작하면서부터이다.

우리는 바쁜 날이니만큼 딱 한 잔씩만 하기로 하고 그 식당에 들어갔다. 식당 주인 역시 바쁜 날일 터였으므로 둘이 한 잔씩, 곧 반병만 마시자는 주문에 군말 없이 소주병 하나와 김치를 놓고 가버렸다. 우리는 마시기 시작했는데 알다시피 잔이란 공평해야 하는 법이다. 각자 술을 따라 마시려는데 잔 하나가 넘어져버렸다. 그건 고의도 아니고 자연의 횡포도 아니다. 그렇지만 잔은 공평해야 한다. 그러므로 한 잔을 더 따르게 되자 반병이라는 언약이 넘어버리게 되었다.

이렇게 된 바에야 반병을 마저 마시자고 그가 제안했다. 그리고 내가 동의하자마자 그는 여주인에게 통고했다.

"아줌마, 여기 반병 더 마실 거요."

크리스마스 전날은 바쁜 날이자 좋은 날이다. 다음날이 생일인 예수를 믿든 안 믿든. 그래서인지 여주인은 마음대로 하라고 했고 우리는 반병에 반병을 더 마셨다. 아니 다 마시기 전, 사고가 일어났다. 소주를 일반 소주잔에 따르면 대체로 일곱 잔에서 여덟 잔이 나온다. 우리는 공평하게 마시기 위해 술잔의 수를 짝수로 맞출 생각이었다. 그런데 중간에 한 잔이 쏟아졌기 때문에 일곱 잔이나 여섯 잔이 나오게 된다. 주력 수십 년의 경륜으로 미루어 이 병의 술은 홀수 잔으로 끝난다는 것이 분명해졌다. 그에게, 그리고 이윽고 나에게. 오호라, 잔은 일곱 잔이었다. 그리고 잔은 공평해야 한다. 이 좋은 날에, 더구나.

그래서 우리는 자연스럽게 반병을 더 주문함으로써, 그리고 잔에 따르는 술의 양을 적의감경適宜減輕—이 말은 그가 평소에 좋아하는 말이기도 하다—함으로써 잔 수를 맞추기로 했다. 이런 우리의 결의를 술집 주인이 알아챘는지는 알 수가 없다. 아직 초저녁인데다 이 집은 크리스마스 전야를 즐기는 사람들이 찾을 만한 분위기가 아니었으므로 손님이 별로 없었다. 여주인은 말없이, 전과 다름없이 새 병을 하나 가져다놓고 돌아갔다.

우리는 마셨다. 세밀히 양을 조절해가며. 그는 내 잔에 7부쯤 따랐고 나는 그의 잔을 8부쯤 채웠다. 그리고 술을 따를 때마다 소주병에 남아 있는 양을 가늠함으로써 서로 실례되는 일이 없도록 했다.

그런데 알 수 없는 것은 술의 힘이다. 그 힘은 건장한 사내들로 하여금, 쩨쩨하게 술을 방울로 가늠해가며 마시다가 어느 천년에 우주 평화를 기약할 수 있으랴, 하는 한탄을 동시에 내쏟게도 한다. 혹은 어느 한 사람에게만 작용할 수도 있다. 그 힘은 그에게 작용했다. 그래서 그는 오늘 저녁에 남북통일이 될지도 모른다는 둥 예수는 눈이 오는 날을 골라 재림할 거라는 둥 약간 억지를 써가며 나를 설득하기 시작했다. 그리고 "아줌마, 반병" 하고 주문했다. 물론 여주인은 자리에서 일어설 필요도 없었다. 한 병을 갖다놓았기 때문에 그저 고개만 까딱하면 되었다. 주인 입장에서는 반병이 간수하기도 번거롭다. 그래서 우리는 반병을 더 마시게 되었다.

알 수 없는 술의 힘은 또 있다. 우리가 반병을 네 번, 곧 두 병을 나눠 마시고 난 다음, 나는 그에게 말했다. 아까 그대의 명연설에 감동한 바 있으며 그 취지에 전적으로 동의한다. 그러나 일단 오늘은 좋은 날, 이 세상에 사랑과 평화를 가져온 인물의 생일 전야, 내 생일의 일백팔십 일 전야이다. 그러므로 우리 딱 반병만 더 하고 일어서자. 잔이 홀수든 짝수든 구애받지 말고. 그는 동의했다. 그래서 그가 주문했다.

"아줌마, 여기 반병 더."

여주인은 드디어 싫은 얼굴을 했지만 곧 타협안을 내놓았다. 안주를 시키라는 것이다. 그래서 우리는 반병을 마셔가며 신중하게 논의한 끝에 해물탕을 주문했다. 불행히도 해물탕이 나오기도 전에 우리의 약속, 반병은 이미 다 찼다. 그래서 그는 다시 여주인에게 어깨를 펴며 당당히 말했다. "아줌마, 우리 반병 더."

그녀가 그해 한 번밖에 없는 크리스마스 전야에 들은 '반병'이라는 말은 열두 번이었다고 했다.

사족. 열두번째인지 아닌지는 잘 모르겠으나 그가 잔뜩 혀 꼬부라진 소리로 '반병'을 외치자 여주인은 그에게 말했다. '왜 반병씩 시키는가. 한 병씩 시키면 어디가 덧나기라도 하는가.'

그가 대답했다. '그대가 반병씩 주문을 받으나 한 병씩 받으나 가지고 오는 횟수는 마찬가지 아닌가. 그대는 술을 파는 사람으로서의 정신이 돼먹지 않았다.' 여주인은 의연하게 대답했다. '돼먹지 않은 손님이 있다면 돼먹지 않은 주인이 되어도 괜찮다.' 내가 끼어들었다. '여보시오, 주인이라니, 이 자리에는 술의 아랫것들, 종이 있을 뿐이다. 나도, 그대도, 우리 모두, 그저 술의 신하나 주방장, 뚜껑 역할을 하다 사라지는 것이다. 그런데 하찮은 뚜껑따개 주제에 마당비를 모욕하다니.' 그러면서 빈 소주병을 차례로 반 동강 내는 기술을 뽐냈다느니 하는 다음 일은 여주인만이 기억할 뿐이다. 우리 기억에는 아무것도 없다.

사족 하나 더. 그 며칠 뒤 그의 직장에서 송년회가 있었다. 그는 신참 직원에게 아래층 슈퍼마켓에 가서 술 세 병을 사오라고 시켰다. 다 마시고 나자 다시 세 병을 사오라고 돈을 주었다. 신참 직원은 네 네, 대답만 하고 미리 사다놓은 박스에서 술을 꺼내왔다. 그다음에도 그다음에도 그는 세 병을 주문했다. 그리고 그 세 번이 열 번을 넘을 때쯤 되어, 시간이 새해로 바뀌었을 무렵 말했다고 한다. "이 친구, 보기보다 유능한데. 지금쯤 슈퍼 주인이 쫓아올 시간이 됐는데도 잠잠하니 말이지."

그림자밟기

시인과, 소설가가 될지도 모르는 사내가 만났다. 소설가가 될지도 모르는 사내는 4년을 끌어오던 데뷔작을 내기로 하고 출판사와 계약하는 길이어서 그 출판사 앞에서 두 사람은 만나기로 했다. 소설가가 될지도 모르는 사내는 정시에 나와 기다렸고 시인은 오 분쯤 늦게 어슬렁어슬렁 나타났다.

소설가가 될지도 모르는 사내는 시인이 걸음도 느린 주제에 너무 태평하다는 점을 지적하고 자신은 아직 이야기가 끝나지 않았으므로 시인이 적당한 장소에서 기다려야 한다고 말했다. 시인은 그러라고 한 다음 근처 카페의 3층 안쪽 자리에 들어가 기다렸다.

시인은 삼십 분 정도를 기다렸고 그사이 소설가가 되었을지도 모르는 사내는 미안하다는 기색도 없이 어슬렁어슬렁 들어왔다. 시인은 소설가가 되었을지도 모르는 사내에게 사람을 기다리게 해놓고 걸음걸이가 너무 태평하다고 나무랐다. 둘은 페퍼민트 한 잔을 시켜 반씩 나누어 마시면서 저녁을 먹기로 했다.

저녁을 먹으면서 소설가가 되었을지도 모르는 사내는 계약 조건이 비교적 공정하다고 말하고 자신이 화를 내기 전에는 출판사가 특히 금전적인 면에서 성의를 보이지 않는다고 불평했다. 시인은 자신이 하고 싶은 일, 그 일의 결과물을 금전과 연결시켜야 하는 소설가가 되었을지도 모르는 사내가 참 안됐다고 생각했다. 금전은 결국 생활과 연결되는 것이 아니겠는가. 생활은 결국 처자와 연결되지 않겠는가. 처자는 장인 장모와 부모와 연결되지 않겠는가. 부모와 장인 장모는 소설가에게 잔소리를 할 수 있는 사람이다. 결국 소설가는 잔소리를 듣고 말 것이다. 그가 아무리 듣기 싫다고 하더라도, 누군가의 입에서 잔소리가 나올 것이고 말은 천리를 가는 것이 아닌가. 가엾구나. 소설가가 되려는 나의 벗이여.

소설가가 되어 잔소리를 듣고 말 사내와 시인은 자리를 옮겨 2차를 가기로 했다. 두 사람이 만나면 2차가 기본이었다. 두 사람은 두 군데를 들여다보았는데 한 군데는 잔소리를 들을 게 틀림없는 소설가가, 한 군데는 시인이 사이좋게 거부해서 둘 다 좋은 장소를 발견할 때까지 한참을 걸었다. 그중 한 군데는 '소설가 학교'라는 카페였는데 잔소리를 들어도 소설가가 되려는 사내가 두 번 가본 곳이었다. '희곡작가 양성소'라는 카페에는 시인이 한 번 가본 적이 있었다. 두 사람은 모두 자신이 가본 장소를 싫어했다. 그래서 두 사람은 '신석기시대와 철기시대 사이'에 들어섰다.

잔소리를 듣게 될 소설가는 맥주를 좋아하고 시인은 싫어했다. 그러나 날이 후덥지근했기 때문에 잔소리를 무릅쓰고 소설가가 되려는 사내가 맥주를 두 병 주문하는 것을, 시인은 말리지 않았다.

두 사람은 마시기 시작했다. 두 병을 마시고 다시 두 병을 마시고 다시 두 병을 마셨다. 다시 두 병을 주문한 잔소리 전문 소설가가 시인에게 요즘 시를 쓰냐고 물었다. 시인은 흉작이라고 대답했다. 잔소리 귀신 소설가는 자신은 소설 때문에 시를 안 쓴 지 오래되었다고 했다. 그렇지만 첫 시집을 낸 뒤 35편을 발표했다고 밝혔다.

시인   서른다섯이란 말이지.

소설가   자네는 얼마나 있나?

시인   글쎄, 사오십 편쯤.

소설가   흉작이라더니, 풍작이군. 자네는 시집을 낸 지 1년 남짓
            인데. 나는 5년이나 되었고.

시인   자넨 소설을 쓰면서 시를 못 쓰겠다고 하지 않았던가. 그
            러고도 서른 편이면 상당한 분량일세.

소설가	서른다섯. 나도 당장 시 나부랭이부터 써야겠네.
시인	나부랭이? 소설 쪼가리를 쓰는 자네에게 그것이 쉽겠는가.
소설가	무슨 소리. 나도 문단을 경악시킬 작품은 언제든 쓸 수 있네.
시인	자네가 경악시킨다면 나는 지진을 불러일으킬 수 있네.
소설가	그렇다면 나는 문학사에 남을 작품을 쓰겠네.
시인	그건 내가 이 세계의 문학을 홀렁 뒤집어놓은 다음이겠지.
소설가	그 직후에 나는 지구의 문학 수준을 은하계의 최고 수준으로 올려놓을 수 있지.
시인	안타깝게도, 그 직전에 우주 역사에 전무후무한 작품을 이미 내가 써버렸거든. 그리고 우주는 너무 감동한 나머지 자폭하기로 결정하고 자네가 연필을 들려고 하는 순간 불꽃이 되지. 아마, 자네는 'ㄴ' 정도는 쓸 시간이 있겠지. '내가 죽는구나'의 첫 글자의 자음.

소설가는 그렇다면, 그 작품이 구체적으로 어떤 것이냐고 물었다. 시인은 그 작품은 「어머니」이며 이미 어딘가에 발표되었지만 사람들이 잘 모른다고 했다. 소설가는 자신이 이번 달 모 문학지에 발표

한 작품이야말로 시인을 경악시킬 것이라고 장담했다. 시인은 그 작품을 읽고 싶은 생각이 없다고 말했다. 소설가는 자신 역시 시인의 작품을 읽을 생각이 없다고 응수했다. 그래서 두 사람은 각자 상대의 작품을 읽는 것은 사이좋게 포기하고 대신 각자의 시를 낭송하여 어느 것이 나은지 겨루기로 했다. 시인은 이제까지 자신의 시는 외운 적이 없지만 소설가의 무지를 깨우치기 위해 특별히 외워보겠다고 선언했다.

시인 그 시의 요지는 이러하네. 제목은 어머니. 첫 행. '바람 부는 십일월 오후' 별행 잡고, '어머니가 배가 잔뜩' 별행, '부른 가방을 들고 한길 가에 서 있다'.

소설가 모든 어머니는 길가에 서 있는 법이지. '잔뜩' 다음에 행을 갈라서 장난을 쳤지만 새로울 건 없고.

시인 또 연을 바꾸어서, '바람은 차다' 별행, '지나가는 차 속에서 내다보는 사람들' 다시 별행. '어머니는 서 있다' 별행, '불룩한 가방을 들고'.

소설가 어머니는 왜 마냥 서 있는 거야. 어머니가 하는 일은 아무 이유가 없어도 된다는 건가. 멋대로 불룩하고 멋대로 내다보고.

시인 어머니이니까. 이어서, '어머니는 서 있다' 행 바꾸고 연

가르고, '어머니가 서 있다' 행 바꾸고 연 바꾸고, '어머니는 서 있다'.

소설가 마지막 어머니의 조사는 '는'인가, 그 위는 '가'이고?

시인 그럼. 약간 듣기는 하는군. 그러나 그 정도는 이 절묘한 시가 내포하고 있는 기교의 일백만분의 일에 불과하지.

소설가 나 역시 그에 못지않은 시를 썼네.

시인 짖어보게.

소설가 제목은 꽃그늘.

시인 꽃이라니, 낡고 닳은 말이군. 그늘은 또 뭐야. 그늘이 들어가는 최고 수준의 작품이 이미 나왔는데. 내가 어릴 때 쓴 「그늘에서 천년만년 놀고먹다」를 읽지 못했는가.

소설가 잔말 말고 들어. '숲으로 들어간다.' '꽃이 피어 있다.' 이 꽃은 실제의 꽃과 화투판의 꽃이라는 이중적인 의미를 담고 있네. 요즘 숲마다 화투판 아닌가.

시인 그런데 그늘은 뭐지?

소설가 '서 있는 것들, 발목까지 그늘에 잠긴다.' '꽃을 떠나는 곤충이 있고 곤충의 그늘이 있다.' '그 그늘에 내가 들어선다'는 요지라네.

시인 우라지게 섬세한 시각이군.

소설가 더 섬세한 것은 '나의 그늘과 저희 그늘 허공에서 서로

135

얽힌다'는 구절이네.

시인   그만하면 됐고, 마지막은?

소설가   그래서 '내가 숲에 들어간다'는 거야, '자꾸 들어간다'는
            거지.

시인   들어가서 웅덩이에나 푹 빠지게. 빌어먹을.

소설가   빌어먹다니. 지금 나를 비평하는 건가, 아니면 내 시를?

시인   둘 다지. 제기랄.

소설가   왜 제기랄 같은 저질 감탄사를 쓰지? 자네에게 어울리긴
            하지만.

시인   습관이야. 염병할, 젠장할, 넨장맞을, 떠그랄, 우라질.

소설가   그전에는 그런 쌍말을 듣지 못했는데, 습관이라니?

시인   오늘 저녁부터 시작된 것 같아. 박정희.

소설가   그것도 욕인가?

시인   그럼. 저팔계.

소설가   내 가슴은 순순한 갑바, 수의근이야. 젖이나 물살이 아니
            라고, 자갈 머리.

시인   자네가 비만 콤플렉스가 있다는 걸 미처 몰랐네. 꽁치 대
            가리.

둘은 서로 노려보았다. 그들은 저녁 내내 그런 꼴로 술을 마셔서

결국 늘 그렇듯이 시인이 먼저 취했다. 포장마차에서 그들은 화해했다. 꽁치를 먹으면서. 소설가는 이 이야기를 굳이 글로 써서 남기기로 했다.

도통

절의 신화는 득도에 있다. 산꼭대기 윗절에는 도통을 했다는 스님이 살고 있다. 절 아랫마을은 물론 20리쯤 떨어진 읍내 사람들 대부분은 그렇게 알고 있다. 스님의 무공이 신의 경지에 달하였으며 축지법을 쓴다는 것까지 믿는 사람이 있다.

축지라면 도인, 정확히 말해 한때 차력사였으며 지금은 산의 신장神將에게 기도하며 치료하고 있는 사내가 몽매에도 못 잊는 경지이다.

도인에 의하면 차력에는 소차, 중차, 대차라는 세 단계가 있다고 한다. 소차란, 약장사를 따라다니며 벽돌을 깨고 트럭을 이로 끄는 수준이다. 그 정도는 차력을 좀 배우면 누구나 할 수 있다. 하지만 중차의 경지에 달하면 축지와 비행, 신통의 초보단계를 할 수 있다. 소차에서 중차의 경지로 나아가려면 중대한 관문을 넘어야 하는데 그 관문을 넘다가 허다한 사람들이 미치거나 불구가 됐다고 한다. 중차를 넘어서면 대차다. 이 경지는 불교에서 말하는 이른바 육신통六神通*을 하는 성인의 경지다.

그런데 도인은 소차에서 중차로 가는 관문을 넘으려다가 한순간 심마心魔에 빠져서 정신병원을 거쳐 절에 정양 삼아 와 있다고 했다. 그가 믿는 것은 역시 머리 두, 어른 장, 뫼 산이라는 이름도 거룩한 이 산의 신령이다.

그는 밤마다 촛불을 켜고 신장이 내려오기를 빈다. 신장이 내려와 자신의 허약한 심신을 일거에 고쳐주리라는 꿈을 꾼다. 신장이 오면 지붕은 오색 채운에 덮이고 방안은 차가운 바람과 함께 은은한 단향檀香이 감돈다고 한다. 그런데 낮이든 밤이든 그의 방 지붕에 채운이 덮이는 기색이 없었다. 그는 정성이 모자라서라고 했고 정성이 충분하다고 판단하자 주변이 시끄러워서 그렇다면서 요사채의 다른 식구들을 탄압했다. 그리고 무슨 일이 있어도 자신의 방을 들여다보지 말라고 했다. 신장이 와 있을 때 그런 짓을 하면 눈이 먼다고

---

* 완전한 정신통일로 얻어지는 초자연적인 힘. 육통六通이라고도 한다. 어떤 장소에도 임의로 갈 수 있는 신족통神足通, 무엇이든 꿰뚫어보는 천안통天眼通, 모든 소리를 분별해 들을 수 있는 천이통天耳通, 남의 마음을 들여다볼 수 있는 타심통他心通, 전생을 알 수 있는 숙명통宿命通, 번뇌를 멸하고 이 세상에 다시는 태어나지 않는 누진통漏盡通을 일컫는다.

했다. 다행히 다른 식구들은 눈이 멀지 않았고 불행히도 그는 신장을 만나지 못했다.

그의 불행을 동정한 몇몇이 윗절에 계시는 큰스님을 추천했다. 살아 있는 도인, 축지의 달인, 무술의 대가. 그는 불편한 몸을 이끌고 두 시간을 걸어 그 스님이 있는 절까지 몇 번 올라갔다. 그러나 한 번도 스님을 만나지 못했다. 그가 가지고 온 소식은 이러했다.

윗절에 도둑이 든 적이 있다. 신라 때부터 있던 고찰이라 오래된 탱화가 있었다는 것이다. 도둑은 탱화를 오려내어 산 아래로 도망가서 차를 탔다. 뒤늦게 이 사실을 안 스님은 추적에 나섰다. 도둑들이 차를 몰고 사오십 킬로미터를 갔을 무렵, 스님의 장엄한 모습이 차를 따라잡았다. 그리고 탱화를 제자리에 갖다놓으라고 엄숙하고 자상하게 타일렀다. 도둑들은 웃으면서 차를 몰아 도망갔다. 스님은 더이상 따라오지 않았다. 다만 한 손을 들어 손짓을 했을 뿐인데 그때부터 운전대가 말을 듣지 않았다. 타이어가 펑크가 났던 것이다. 그로부터 십 분도 안 되어 경찰에 잡힌 도둑들은 이미 자수할 마음이었다고 고백했다. 스님의 도력과 무술에 놀라서 공포에 떨고 있었다고 했다.

그 외에도 몇 가지 신화가 있다. 읍내에서 차를 타고 출발한 신도들이 걸어가는 스님을 보았다. 태워드리려고 했지만 스님은 볼일이 있다고 사양했다. 절에 올라가보니 스님은 먼저 와서 신도들의 차를 달여놓고 있었다, 등등.

절에 묵고 있던 식구들은 날을 잡아 산행에 나섰다. 국립과학원 시험 준비생, 늙은 고시생, 도인, 학생 등이 떼를 지어 절에 올랐다.

스님은 마침 있었다. 흰 눈썹, 큰 눈, 긴 코, 마른 뺨, 잿빛 장삼에 가부좌를 튼 모습으로 그들 일행을 맞았다. 그들은 산에서 캤다는 아흔아홉 가지 약초로 달인 차를 한 잔씩 얻어 마셨다. 백에서 한 가지 약초가 빠져서 차의 이름이 백초차白草茶였다. 머뭇거리던 누군가 이야기를 꺼냈다.

"스님, 오늘 스님을 뵈니 저희도 저절로 도가 트일 것 같습니다."

"무슨 소릴 하고 싶은가?"

늙은 고시생이 용기를 냈다.

"스님께선 무술도 잘하시고 특히 축지를 하신다는 말씀이 있습니다. 다 그렇게 알고 있는데요."

"그렇게 알고 있으라지."

국립과학원 시험 준비생이 말을 이었다.

"스님, 저희가 여기까지 올라온 것은 바로 이 아저씨 때문입니다. 이분은 차력을 하셨는데 공부를 하다가 잘못되어 여기까지 오게 되었다고 합니다."

도인이 간절히 말했다.

"스님, 저는 지금 축지를 배우다가 잘못되어서 몸이 불편합니다.

나을 방법이 있으면 제발 가르쳐주십시오."

"축지? 그걸 어떻게 하는가?"

"저는 이렇게 하는 걸로 배웠습니다."

도인은 앉은 자세 그대로 한 손은 주먹을 쥐어 내밀고 한 손은 옆구리에 붙였다. 눈은 45도 각도로 허공을 바라보았다.

"그다음에는?"

"절벽 끝에 가서 이런 자세로 100일 수련을 합니다. 어느 때 도가 트이면 몸이 가벼워지고 날아가게 됩니다."

"옳지. 절벽에서 100일씩이나 공부를 하다보면 배가 고프기도 하고 졸 때도 있을 거고. 그러다 굶어서 가벼워진 몸이 바람을 타고 절벽 아래로 날아가는 거지, 훨훨. 공부라면 공부지."

스님은 길고 마른 손을 들어 손가락을 둥글게 오므렸다. 그리고 눈을 감았다.

"스님, 제발 가르쳐주십시오."

일행은 거듭 애원했다. 초조해진 도인은 땀을 흘렸다.

"정 그렇다면 얘기하지. 대신 절대로 밖에 가서 이야기하면 안 돼."

일행은 모두 맹세했다.

"이 절에 도둑이 들었네. 탱화를 훔쳐갔지. 도량석을 하기 전이니까 한밤중이었을 거야. 무슨 소리가 나기에 깼지. 법당에 가보니 탱화가 칼로 오려져 있어. 이놈들이 어디로 갔을까 가만히 생각하니까 산밑에 길이라고는 산 앞쪽하고 뒤쪽 둘이거든. 그럼 어느 쪽으로 갈까. 보나마나 절 뒤쪽이지. 사람 마음이란 게 그러니까. 처음에는 큰길로 갈 거야, 그러다가 뒷길로 돌아가는 거지. 그래서 미리 뒷길에 가서 기다리고 있었지. 이 시골에서 새벽에 차를 달리는 놈들이라면 뻔하지. 산밑에서 기다리면서 길에 뾰족한 돌이며 나뭇가지를 갖다놓았지. 그러다보니 그놈들인 성싶은 게 오더군. 차 앞으로 냅다 뛰었지. 야, 이놈들아, 이 도둑놈들아, 우리 절 탱화 내놔라. 이놈들이 깜짝 놀래가지고 도망을 가는 거야. 이놈들아, 발병이나 나라, 하고 소리를 질렀더니 마침 타이어가 펑크가 나는 것 같은데 그래도 서질 않고 도망이야. 경찰에 신고하니까 그 앞에 있던 파출소에서 나와 있다가 잡았다고 해. 절에 돌아오니까 오려진 그림 뒤에 무슨 주머니 같은 것이 있고 글씨가 씌어 있어. 그게 부처님의 정골사리라고 해서 난리법석이 났지. 뭘 그럴 것까지 없는데, 도둑이 오히려 좋은 일을 한 거지. 나무아미타불."

"그래도 산밑에까지 그렇게 빨리 가려면 축지법이라든가……"

"이 답답한 사람들아. 내가 별 재주가 없고 아는 게 없어서 이 절에만 엎드려 있은 게 수십 년이야. 산길이라면 눈감고도 갈 수 있어. 바위 하나, 나무 하나 내 길이 아닌 게 없다네, 이 산에서는 말이지. 아래 사람들이 나를 아침에도 보고 저녁에도 본다면 그건 그 사람들

이 나를 보고 싶어하기 때문이지, 무슨 술법이 있겠어. 배드민턴이
라면 이 근처에서는 도사로 통할 수 있겠지."

수첩

무엇이든 잘 적는 사내가 있었다. 그는 늘 수첩을 끼고 다녔고 무엇이든 적었다. 수첩 한 권을 다 쓰면 아무도 모르게 은밀한 곳에 감추고 새 수첩을 사서 다시 적었다. 그 수첩에 적힌 내용이 무엇인지 모두 궁금해했다. 얼핏 넘겨봐서는 잘 알아볼 수가 없었다. 심한 사투리와 틀린 글자를 피해 제 뜻을 해독하기가 여간 어려운 게 아니다.

어쩌다 누가 수첩에 있는 내용 한 구절을 보고 와서 사람들에게 해독을 부탁했다.

"육월육일 엽빵에 철수 한 찰. 꼬시구로 마잔 줄도 모림. 니분째."

경상도 사투리의 권위자에 의하면 '육월'이란 말은 6월, '한 찰'이란 한차례라는 뜻이다. '차례'를 '한 대 친다' 할 때의 '대'와 같이 쓴 다고 보면 '6월 6일 옆방의 철수를 한 대'의 뜻이 되겠다. '꼬시구로' 는 '고소하기로' 또는 '고소하게도'이며 '마잔'이란 '맞은'의 오자로 볼 수 있다. '모림'은 '모름'이다. 합치면 '고소하게도 맞은 줄도 모 름'. 맞은 줄도 모르는 상대를 한 대 때렸기로서니 무엇이 고소하단 말인가. 비밀은 '니분째'에도 있다. '니'는 '네', '분'은 '번'의 사투리 이니 맞은 사람이 맞은 줄도 모르게 '네번째' 쳤다는 이야기다. 수 첩을 해독하던 사람들은 격론 끝에 '쓴 사람이 정상이 아니다. 관찰 요'로 결론지었다. 정상이 아니기는 아침 먹은 배가 다 꺼지도록 열 을 올린 사람들도 마찬가지였지만.

그가 이런 것만 적는 것은 아니다. 보고 듣고 냄새 맡고 느끼는 건 틀림없이 적는다. 술을 마시다가 누군가 서운한 소리를 하면 날짜와 사람의 이름, 장소, 함께 있다 웃던 사람까지 포함해 서운한 점을 적 는다. 밥을 먹다가 돌이 나오면 돌의 수를 적고, 마당을 쓸다가 돈을 주우면 돈의 액수를 적고 도랑을 치다가 가재 잡으면 가재의 수, 다 리의 합계를 적는다. 때에 전 수첩과 싸구려 볼펜이 없는 그를 상상 할 수가 없다. 그런 사람이 좋은 인상을 주는지는 모르겠다. 절에 있 던 사람들은 모두 그를 싫어했다.

그의 수첩이 몇 권이나 되는지, 언제부터 적기 시작했는지 아는 사람은 없다. 그 자신도 오래된 수첩을 뒤져봐야 알 수 있을 것이다.

자나깨나 수첩을 들고 다니면서 뭘 적어대는 그는 쓰레기통을 뒤지는 걸인처럼 보이기도 하고 사복형사, 사이비 기자처럼 보이기도 한다. 걸인이나 경찰이나 기자나 다 먹고살기 위해 일한다는 이유가 있으나 그에게는 그게 없다. 없어 보인다.

그가 수첩에 무엇이든 적는 이유는 뭘까. 그는 헛되이 사는 게 싫어서라고 주장했다. 사람은 부질없이 하루하루를 보내고 인생에서 가장 중요한 순간, 가치를 알지 못하고 지나는 경우가 많다, 자신은 그걸 기록함으로써 알게 된다는 논지다.

그럼 하루종일 숨쉬는 횟수는 왜 적지 않는가. 숨이야말로 삶의 근본적인 전제인데 그것보다 중요한 것은 없지 않은가. 이렇게 물어본 사람 이름도 그의 수첩에 적혀 있다. 악의에 찬, 냉소적인 인물로 묘사되었을 것이다. 아무튼 그의 주변 사람이 그 수첩에 기록되지 않기는 어려운 일이다.

남의 행동이나 말을 수첩에 적는 것을 나무랄 수는 없다. 또 언젠가 그 일을 상기시켜주는 것도 나무라기 어렵다. 날짜가 한참 지나 구문舊聞이 된 신문처럼. 그러나 그의 수첩이 관심을 가지는 것은 신문처럼 사건, 사고, 사태, 현상이 아니라 주변의 사소한 일, 숫자, 시빗거리일 따름이다. 사소한 시비나 중요하지 않은 논쟁에서 그를 이길 수가 없다. 그가 수첩을 꺼내 그전에 있었던 말과 행동을 증거 삼아 반박하면 당할 수가 없기 때문이다.

그가 하는 일은 오로지 수첩에 적는 것뿐이다. 그것만으로도 충분히 바빴으니까. 그는 하루에 수십 번, 한 달에 수백 번을 적었고 일년에 수첩 수십 권을 남겼다.

어느 날 그는 방안에 아무것도 적히지 않은 깨끗한 수첩 한 권을 두고 어디론가 사라졌다. 밀린 숙박비도, 짐도, 묵은 수첩도, 헌 신발도, 무엇 하나 남기지 않았다. 깨끗했다. 사람들은 그가 수첩이 되어버린 건 아닌가라고 수군거렸는데 생각해볼 만한 말이라 여긴다.

노학

그는 가난한 집안의 장남으로 태어났다. 그가 학교를 마칠 때까지 가난은 그의 등에 지긋지긋하게 업혀 다녔다. 그래서 출세하기로 했다. 그는 고시를 통해 일거에 상류사회로 진출하겠다는 꿈을 꾸었다. 그래서 공부를 했다. 한 번, 두 번, 세 번. 전력을 다해 공부하고 고시에 응시했으나 번번이 낙방했다.

등에 업힌 가난과 노부모와 어린 동생들이 더이상 못 견디겠다고 합창으로 울부짖었기 때문에 그는 고시를 포기하고 월급쟁이가 되었다. 그는 열심히 일하지 않았다. 월급쟁이로는 일거에 출세할 수가 없다. 그는 잘 알고 있었다. 그래서 2년 정도를 일한 뒤 직장을 걷어치웠다. 그동안 그의 노부모와 동생들이 울음을 그쳤기 때문에 다시 고시공부를 하기로 했다.

한 번, 두 번, 세 번. 그는 계속 시험에 떨어졌다. 그래서 다시 월급쟁이가 되었다. 결혼을 하기 위해. 2년을 일한 뒤 다시 그는 고시에 도전했다. 한 번, 두 번, 세 번. 상황은 달라지지 않았다. 그는 다시 월급쟁이가 되려고 했지만 받아주는 데가 없었다. 그의 아내가 아이를 업고 시장에 나가 좌판을 벌였고 그는 천생 고시공부밖에 할 것이 없었다.

세월은 흘렀다. 그의 아내는 장사로 자산가가 되었다. 잘 울던 그의 동생 중에서 성악가가 나왔다. 그에게 항상 눈을 흘기던 노부모는 만족스럽게 눈을 감았다.

그는 드디어 시험에 떨어지는 이유를 알았다. 붙는 방법도 알았다. 그러나 그는 계속 떨어진다.

'인생이란 짧은 것이다. 공부란 끝이 없다.'

그의 공부는 법조문을 외우고 그에 관계된 판례를 통해 세상을 보는 것이다. 그는 거기서 한 걸음 더 나아가 바른 것처럼 보이는 오판과 불법으로 보이는 바른 행동을 가려내고 철학을 정립하는 단계에 이르렀다. 이제 그는 물이 높은 곳에서 낮은 곳으로 흐르듯이 순리에 따르는 자연법自然法에 귀의하고 싶다고 한다. 이어서 그는 후배들에게 말한다.

'공부만큼 편하고 좋은 일이 얼마나 있는가. 할 수만 있다면 평생

을 이렇게 살고 싶다.'

시험장에서 그는 답안지에 정답을 쓴다. 그러나 이름을 번번이 빼먹는다. 나이가 들면 그럴 수도 있는 법이다. 그러나 나이가 든다 해도 일부러 그럴 수 있는 사람은 드물다. 언젠가는 그도 답안지에 자신의 이름을 쓸 것이다, 그것이 내키는 일이라면.

절4
무숙자

사내는 요사의 툇마루에 앉아 햇볕을 쬐며 무심코 절 아래 산문을 내려다보고 있었다. 문득 계곡으로 통하는 길에 그림자 하나가 드리워졌다. 그림자는 좀 있다가 사람으로 변했고 차츰 키가 커지면서 모습도 알아볼 수 있도록 변했다.

남자. 검은 양복. 왼손에는 가방. 영화에 나오는 첩보원들이 잘 들고 다니는 검은 가방. 외판원처럼 보이기도 했다. 이 산중에 무엇을 팔러 왔을까.

대머리였다. 머리칼이 귀 옆으로 약간 남아 있었다. 넥타이를 단정히 매고 있었고 구두는 산길을 오느라 더러워져 있었다. 키가 크고 말랐는데 나이는 사십대 정도로 보였다.

남자는 마당에 들어서서 대웅전을 향해 합장을 하려는 듯이 머뭇 거리다가 한 손에 든 가방 때문인지 그만뒀다. 그런 자신을 누군가 지켜보는 게 개운치 않다는 듯이 사방을 둘러보다가 그를 발견했다. 다시 합장을 하려다가 그만두었는데 잘한 일이었다. 그는 스님도 아 니고 합장을 하는 사람에게 마주 합장하면서 멋지게 응대하는 법도 모르니까.

남자는 그에게 주지스님이 어디 계시느냐고 묻고 그가 대답을 하 자마자 볼일이 끝났다는 듯 첩보원처럼 싸늘한 눈초리로 돌아섰다. 첩보영화깨나 보았는지 남자의 일거수일투족은 유난스러웠다. 현 실 속의 첩보원들은 되도록이면 자신의 신분을 숨기려고 한다. 그러 나 영화 속의 첩보원은 자신을 숨기면 숨길수록 바보가 된다. 사내 는 물론 영화 속의 첩보원처럼 행동했다.

그는 충분히 햇볕을 쬐었다고 판단하고 자신의 방으로 들어가 잠 을 청했다. 잠이 들려는 순간 방을 둘러보는지 남자의 구둣발 소리 와 총무스님의 목소리가 들렸다. 두 사람은 비어 있는 그의 옆방 문 턱에 걸터앉아 이야기를 시작했다.

"얼마나 있으려고 하시는데요?"

"한두 달쯤이면 되겠습니다."

"무얼 하시려고요?"

"연구할 게 있어서요."

보이지는 않았지만 총무스님이 입을 내밀거나 입맛을 다시는 광경이 그의 머릿속에 떠올랐다.

"뭘 연구하시는데요?"

"물입니다."

다시 입맛을 다시는 총무스님.

"그거야 상관없고, 언제 들어오시려고요?"

"여기는 숙식을 함께 하지요?"

"그렇지요."

"혹시 밥을 안 먹을 수는 없나요?"

"밥을 안 먹으면 무얼 먹습니까?"

"물이죠."

"물만요?"

"그래서 말인데요, 밥을 안 먹고 물만 먹고 잠만 자는 조건으로 있을 수 있나 해서요."

총무스님이 입맛을 다시는 소리가 분명히 들렸다.

"그건 안 됩니다."

"왜지요?"

"여기에 있는 사람이 굶다가 무슨 일이 일어나도 책임을 질 수가 없어요."

"굶는 게 아니에요. 물을 먹습니다. 물을 먹는데 무슨 일이 일어날 거라고 생각하십니까?"

"생각하고 싶지 않아요. 안 되는 일이라고만 해두죠. 안녕히 가십시오."

총무스님이 요사 밖으로 나가는 소리가 났지만 남자의 구두 소리는 나지 않았다. 그는 슬며시 문을 열었다. 맞은편 방에서 고시 공부를 하던 청년도 문을 열었다. 그 대각선 맞은편에 묵는 도인도. 남자는 앉아서 약간 고개를 숙인 채 생각을 하고 있었다. 남자가 고개를 들자 방문들이 소리 없이 닫혔다. 그러나 그는 문을 더 크게 열고 남자를 초청했다.

"같이 차나 한잔하시지 않겠습니까?"

남자는 그를 한번 보고, 닫혀 있는 다른 방문을 노려본 뒤 고개를 끄덕였다.

"물 연구를 하신다고요?"

물을 끓여 식힌 다음 우려낸 차를 마시면서 그가 물었다.

"그렇소."

눈 쌓인 산길 시오리를 걸어온 사람, 남자는 자신의 연구 분야에 관심을 가져주는 사람이 없었으면 다시 바람 부는 시오리 길을 울면서 돌아갈지도 몰랐다. 사내는 그런 일을 눈뜨고 볼 수 없다고 생각했다. 그렇게 생각하는 중에 남자가 물었다.

"물이 몇 종류나 있는지 아시오?"

"얼음, 차가운 물, 미지근한 물, 뜨거운 물, 끓는 물, 수증기, 구름, 안개, 그리고 에이치투오로 알고 있습니다."

"흠, 산지별로는?"

"강물, 바닷물, 개울물, 계곡물, 샘물, 우물물, 빗물, 눈물, 또 콧물, 똥물 등등."

"내 이야기를 잘 들어보시오. 일생에 큰 보탬이 되는 이야기요. 그럴 시간이 있소?"

"시간이라면 많습니다. 여러분, 밖에 있지 말고 들어오십시오들."

늘 그렇듯이 누가 오기라도 하면 방문 밖에 몰려 귀를 기울이는 호기심 많고 시간 많은 요사 식구들이 쏟아져들어왔다. 다시 찻물을 끓이고 붓고 하느라 약간의 시간이 흐른 다음, 남자는 청중을 향해 입을 열었다.

"물이라고 다 물이 아니오. 좋은 물은 땅의 정기를 받고 땅 위로 용솟음쳐오르는 거, 흔히 샘물이라고 하는 게 사람에게 가장 유익한데."

그는 반죽을 맞췄다.

"그거야 다 아는 이야기죠."

남자는 경멸 섞인 눈으로 그를 보다가 말을 이었다.

"땅의 성격에 따라서도 물의 성질이 달라져. 진흙이냐, 낙엽 같은 불순물이 섞인 흙이냐, 모래땅이냐, 바위냐. 그중에서도 바위에서 솟는 것을 석간수라고 하지. 그게 물 가운데서는 최상급이고."

"육우陸羽던가요,『다경茶經』이라는 책에 보면 물에는 네 종류가 있는데……"

나이든 고시생이 받았다.

"그건 초보 수준이야. 기껏해야 찻잎 나부랭이나 넣어서 우려먹는 물은 하급이라고. 물은 끓이면 절대 안 돼. 성질이 변해버리거든. 삶은 소가 웃는 것 봤어? 끓이면 살아 있는 건 모두 죽어."

사내는 이야기가 진행되면 될수록 말이 빨라지고 억양은 무당을 닮아갔다.

"소는 삶기기 전에도 안 웃는데요."

국립과학원 시험 준비를 하는 학생이다.

"좌우간, 살아 있는 물 가운데 최고는 무엇이냐. 그게 석간수라는 것이고 조선 천지에 진짜 석간수가 나오는 곳은 열 손가락 안짝이다. 그중에서도 이 머리 두, 어른 장, 뫼 산으로 말할 것 같으면……"

"건 내가 좀 알쥬. 여게는 신장이 사니께. 밤이면 밤마다 신장이 내리온다고, 참말이여."

도인이 받았다.

국립과학원.

"차력 아저씨, 전에 사진으로 찍었다가 보여준다고 하셨지요, 그 사진이 어딨어요?"

도인.

"귀신이 도시 사진 같은 걸 싫어하셔서. 허지만 오늘밤에는 틀림없이 나타난다고 하셨응께……"

국립과학원.

"밤에 화장실 다 가게 생겼네."

고시생.

"그러니까, 내 말은 화장실을 건물 안에 둬야 된다는 거야. 밤에 혼자 쭈그리고 앉으면 무섭기도 하고 엉덩이가 시려서 도무지."

남자.

"으흠, 그 석간수가 나오는 이 산에서 한 달만 연구하면 노벨상도 문제없는데. 내가 위암에 걸린 적이 있거든. 병원에서도 포기하고 집으로 가라더군. 집에 와서 죽기 전에 한번 발악이나 해보자고 연구를 시작했지. 그게 물이야. 내가 왜 위암에 걸렸느냐. 우리집에서 먹는 우물의 수맥이 나중에 보니 집 뒤의 웅덩이하고 닿아 있더라니까. 그래서……"

국립과학원이 물었다.

"아저씨, 혼자 사세요? 자식은 없어요?"

아저씨라고 불린 남자는 순간적으로 움찔했다. 아저씨라는 단어는 직업을 지칭하는 것도 아니고 촌수를 가리키는 것도 아니며 학자, 연구가, 사기꾼, 지성인, 무식쟁이를 구별하기 위한 것도 아니다.

젊은 사람이 자신보다 나이든 남자를 칭하는 2인칭으로 아무때나 쓰기 쉬운 두루뭉수리한 단어인데 아저씨라고 불린 아저씨는 그래서 기분 나쁜 듯이 국립과학원을 노려보았다.

"아니, 1남 2녀가 있지."

"그럼 위암은 아저씨 혼자 걸리셨어요, 한꺼번에 다 걸렸어요?"

사내.

"야야, 너 조용히 안 해?"

국립과학원.

"내가 이렇게 물어봐야 이야기가 술술 나오는 거라고, 형."

사내.

"이야기할 틈이 없으시잖아. 하세요, 아저씨."

아저씨.

"뭘, 탐구심이 왕성한 게 좋은 거지. 그래서 내가 새로 우물을 파고…… 아니, 나는 환자니까 파라고 했지, 수맥 공부를 하고 나서 말이야. 그리고 물을 연구했지. 물의 분자 구조, 결합 상태, 아, 수소 1분자와 산소 2분자가 결합해서 물이 되는데, 수소는 원소 가운데 우두머리라고 할 수 있는 거고 산소는 원소 가운데 가장 소독력, 살균력, 결합력이 뛰어나거든. 그런데 원소의 우두머리와 결합한 산소라면 가장 이상적인 형태의 화합물이 아니겠는가, 이 말이야. 그래서 순수한 물을 구하러 나선 거지."

국립과학원.

"순수한 물은 일명 증류수라고 하는데 약국에서 팔죠, 아저씨."

아저씨.

"흠흠, 하나는 알고 둘은 모르는군. 내가 아까 이야기했잖아. 물은 끓이면 생명이 사라진다고. 증류수는 생명이 없는 물이야. 증류수에서 물고기가 사는 것 봤어?"

국립과학원.

"그럼 물고기도 위암에 걸려 죽는 건가요?"

아저씨.

"대학에서 배우는 건 아무것도 아냐. 증류수 비슷하게 죽은 학문이지. 좌우간 나는 물을 통해서 생명을 되살리는 방법을 연구했지. 그리고 보다시피 이렇게 건강해졌고. 그건 생물학, 화학, 의학, 핵물리학, 천문학, 별별 과학으로도 도저히 설명할 수 없는 거야. 그다음부터는 전국 방방곡곡을 다니면서 좋다는 물은 다 연구했지. 그래서 이번에 그 연구자료를 정리해서 학회에 발표하고……"

국립과학원.

"무슨 학흰데요?"

아저씨.

"노벨상 심사위원회에 보내고……"

고시생.

"무슨 분야에 도전하실 겁니까? 화학, 생리학, 문학, 경제학, 그리고 평화상도 있는데요."

아저씨.

"다 가능하지, 다 가능해."

사내.

"아아, 그럼 아까 식사를 않고 물만 드신다는 말씀이?"

아저씨.

"그렇지. 그렇게 되면 지구상에 기아가 사라지는 거지."

도인.

"그게 벽곡辟穀하고 다른 건감? 우리 차력에도 솔잎만 먹고 사는 사람도 있는디."

국립과학원.

"정말 물만 드세요?"

아저씨.

"순수한 물에 몇 가지 약재를 넣지. 난 아직 완전히 나은 건 아니거든."

고시생.

"뭘 넣으시는데요?"

아저씨.

"내 비전秘傳의 처방이라서 여러분한테 말하기는 뭐한데."

아저씨는 그러면서도 007가방에서 부스럭부스럭 뭔가를 꺼냈다. 비닐봉지가 내용물별로 잘 정리되어 있었다. 아저씨는 하나씩 들어 보이면서 설명을 시작했다.

로열젤리, 일벌의 60배를 산다는 여왕벌의 먹이. 꿀, 몸을 따뜻하게 하고 진정 효과가 있다. 인삼 가루, 항암 효과. 검정깨, 허약한 체질을 강하게 하고 두뇌를 좋게 한다. 동쪽을 향한 소나무 가지에 난 새순을 찧어 말린 뒤 가루를 낸 것. 백두구, 위를 보한다. 저담, 소화를 돕고 정력을 강화. 찹쌀, 위와 비장을 따뜻하게 하고 설사를 그치게 하며 독을 풀어준다. 보릿가루, 비타민 B1이 풍부하고 신장, 폐, 비장을 튼튼하게 한다. 현미, 근육과 뼈를 튼튼하게 하고 신진대사를 촉진. 검정콩, 고혈압과 동맥경화에 좋다. 율무, 암을 억제하는 유기 게르마늄이 풍부. 들깨, 기침을 그치게 하고 간과 위장을 보호. 그리고 감초 약간.

아저씨는 '점심물'을 먹기 전이라면서 물을 얻어다달라고 했다. 가능하면 절에서 솟아나는 샘물을 떠놓아 하루 이상 된 것으로. 누군가 사발에 물을 가져오자 아저씨는 신중하게 내용물을 물에 탔다. 그리고 그걸 마셨다. 그동안 한 사람씩 방을 빠져나가서 아저씨를 배웅한 건 정작 소설 쓰는 사내뿐이었다. 산문을 나서는 아저씨의 발걸음은 가볍고도 빨라서 누가 보아도 환자로는 보이지 않았다. 외판원으로 보였다.

송이

사내는 어릴 때부터 그 절을 떠난 적이 없었다. 어리기 전, 또는
부모 미생전未生前, 그가 무엇이었는지 아는 사람은 없다. 그는 스님
사오십 명이 상주하고 있는 그 절에서 특출하지도, 모나지도 않은
존재였다. 다만 산에 오래 있어서 걸음이 빨랐고 길눈이 밝아서 심
부름이라면 도맡아 했다. 그가 있는 절은 오래된 절이고 주변에 철
광산이 있어서인지 사시사철 벼락이 많이 떨어졌다. 나이든 스님들
은 산의 영기를 이야기했고 어린 스님들은 가끔 산이 가슴에 얹히는
꿈을 꾸었다.

비가 내리는 어느 날이었다. 이 스님은 절에 공부하러 온 학생에
게서 워크맨을 빌려 심심함을 달래려 했다. 그래서 이어폰을 끼고

노스님의 눈에 잘 띄지 않을 절벽 끝으로 갔다. 어깨를 우쭐거리며 뜻 모를 음악에 몸을 맡겼다는 것이다. 그때 갑자기 벼락이 떨어져 그의 몸을 빛냈다. 그가 벼락을 맞는 순간을 본 사람은 없었다. 다만 학생 하나가 먼 데서 건들거리던 물체가 갑자기 사라졌다고 했다. 그 말을 들은 스님들은 그가 혹시 실족한 것은 아닌가 해서 벼랑부터 찾아 나섰다. 그는 벼랑 아래로 떨어지지 않았다. 벼랑 위에, 까맣게 탄 채, 젖은 땅에 누워 있었다. 고기 타는 냄새가 났고 사람들은 그가 죽었을 것이라고 했다. 워크맨은 그의 허리에서 까맣게 타버려 빌려준 사람을 허탈하게 만들었다. 그러나 그는 죽지 않았다.

국립과학원 시험 준비를 하고 있는 한 학생의 설명에 따르면 벼락은 그의 미끈한 정수리를 거쳐 젖은 몸을 타고 땅으로 흘러갔다고 했다. 그가 맨발이었던 것, 마침 약간씩 내린 비로 몸이 젖어 있었던 것이 그를 피뢰침처럼 만들었다는 것이다. 학생은 아울러 벼락에 대해 이렇게 설명했다.

벼락이 발생하는 뇌운은 온도가 높은 공기가 급상승하여 대기를 불안정하게 하거나, 한랭전선이 밀려오면서 따뜻한 기류가 찬 기류의 경계면을 따라 밀려올라갈 때 생긴다. 수명이 0.1초인 벼락은 위에서 아래로만 떨어지는 것이 아니라 전 방향에서 전기를 띤 물체를 찾아간다. 야외에서 머리카락이 곤두서고 피부가 찌릿찌릿하면 머지않아 벼락이 친다는 조짐이다. 그 수다가 다 끝나기 전에 그는 절로 옮겨졌고 이론이야 어떻든 살아남았다. 다만 온몸의 털이란 털은 모두 타 없어졌다.

일주일쯤 뒤 그는 자리에서 일어났다. 타버린 털 위에 새로 자라기 시작한 털은 그전 것보다 훨씬 억세고 무성했다. 그는 하루에도 몇 번씩 면도를 해야 했고 사흘에 한 번은 머리를 밀어야 했다. 그것이 귀찮아서 내버려두자 그의 모습은 옛날이야기에 나오는 산적 내지는 멧돼지처럼 변했다. 그렇지만 그런 그를 두고 누구도 뭐라 하지 못했다. 한번 죽었다 살아난 사람의 권위란 이런 것이다.

벼락을 맞기 전과 달라진 것이 털뿐만은 아니다. 10억 볼트의 전기는 그의 오감을 벼린 날처럼 만들었는데 그 이유에 대해서는 국립과학원을 가기 위해 공부하는 학생도 말하지 못했다. 오감 중에도 특히 후각이 예민해져서 그는 냄새만으로 길을 갈 수 있었고 먹을 것과 먹지 못할 것, 사람과 짐승, 심지어 사람으로 변장한 짐승이나 짐승 같은 사람을 구분할 수 있었다. 그 대신 입이 무거워져서—수다는 오감과 큰 관계가 없으므로—그 변화를 알아챈 사람은 주지뿐이었다.

그는 자신이 벼락 맞은 곳 부근을 자주 걸어다녔다. 그리고 그 주변에서 송이 향기를 맡고 송이가 밭을 이룬 곳을 발견했다. 그 밭은 절벽 사이의 벌어진 틈에 있어 다른 사람이 발견할 염려가 없었다. 그는 밥 먹듯이, 떡 먹듯이, 반찬 먹듯이 송이버섯을 먹었고 간식으로, 밤참으로 남몰래 먹으려고 절로 가져오기도 했다. 그가 송이를 먹고 있다는 사실을 눈치챈 사람 또한 주지뿐이었다. 그래서 그를 불러 송이를 남몰래 캐오게 했다.

그는 송이를 밤마다 삼태기로 따다 날랐고 주지는 이를 처분해서 그의 예금계좌에 집어넣었다. 그렇게 몇 년이 지난 뒤 주지는 그에게 통장을 내주었다. 그리고 '몸은 깨달음의 나무, 마음은 밝은 거울의 받침대, 늘 깨끗하게 털고 닦아서 먼지에 더럽히지 않도록 하라'(중국의 선승 신수神秀의 게송)고 읊고 '그대의 용모, 그 가운데 머리칼과 수염은 중 사이에서는 어울리지 않는다'고 말했다. 그는 '본디 터럭을 기른 게 아니고 터럭이 절로 자라난 것뿐이니 일체가 다 헛된가봅니다' 하고 말도 안 되는 소리로 응수했다. 또 '옛날의 고승대덕은 다 머리를 기르고 도술을 부렸는데 왜 나만 가지고 그러시느냐'고 물었다. 주지는 '고승대덕은 고사하고 수염이 나지 않는 어린 중조차 밤마다 송이를 따 나르며 사는 것이 중의 본분에 적합하지 않은 것 정도는 안다'고 하고 짐을 꾸려 환속하도록 했다.

그는 통장의 돈을 찾아 절 밑에 자그마한 음식점을 차렸다. 종업원으로 한 과부를 채용했는데 곧 그 과부는 그와 사실혼 관계에 들어갔다. 일손이 모자라자 다시 한 여인을 종업원으로 들였는데 그 여인은 그의 두번째 부인이 되었다. 세번째로 들인 종업원은 그에게 아들을 낳아주었으며 네번째부터는 그의 바람과는 달리 부인이 될 수 없는 노파나 남자를 선발하기로 그의 부인들이 합의했다.

그 음식점은 부인들의 헌신적인 노력과 다채로운 요리 솜씨 덕분에 날로 번창해서 지나가는 사람들도 한 번쯤 입맛을 다실 정도가 되었다. 그곳을 가본 사람이 묘사하는 그의 요즘 생활은 이러하다. 아침에 느직이 일어나서 식당과 주변의 논밭을 둘러보고 별실에서 부인들의 시중을 받으며 식사를 한다. 이 시간만은 임금이 와도 부인들을 마중나오게 할 수가 없다. 그다음에 이를 쑤시며 아이들의 재롱을 보고 기사를 불러 골프장이나 낚시터로 간다. 오후에는 낮잠과 명상이 이어지고 저녁에는 반주를 곁들인 성찬을 먹는다. 이때에는 덜 바쁜 부인 둘 정도가 합석을 하는데 저녁을 먹고 난 뒤면 그는 오랜 습관대로 곧 잠자리에 든다. 그 부인들의 사이는 친자매나 모녀같이 다정하고 누구도 큰소리가 흘러나오는 것을 들은 적이 없다.

그 비범한 사내를 나는 아직 보지 못했다.

노래로 외우다

　'신흥합당영문신대구.' 내가 출발한 곳을 말했을 때 조가 노래하
듯 중얼거렸다. 우리는 그때 신촌역에서 만났다. 내가 궁금해하자
조는 그게 우리집에서 신촌까지 오는 지하철역의 첫 글자를 연결한
것이라고 말해주었다.

　그는 무엇이든 잘 외운다. 특히 노래를. 초등학교와 중학교, 고등
학교, 대학의 교가와 응원가를 아직 다 외우고 있다. 교가의 공통점
은 모두 산이 들어가는 것이라고 그는 설명했다. 초등학교 교가에는
두장산, 중학교는 천봉산과 벽계산, 고등학교는 삼한산, 대학은 오
악산.

　중학교 교가에 산이 두 개 들어가는 것은 2학년 때 전학을 했기

168

때문이다. 전학을 했을 때 그를 우렁차게 맞이한 교가에 산이 들어 있어 무척 안심이 되었다고도 했다. 초등학교 교가의 첫 구절은 '두 장산 줄기 벋은'이고 중학교는 '천봉산 빼난 정기'이며 두번째 중학 교는 '벽계의 맑은 정기', 고등학교는 '삼한산 푸른 기상이'라고 그 는 말했다. 그리고 대학의 교가는 웅장하게도 오악의 다섯 봉우리를 일일이 언급하고 먼 곳에 있는 강까지 집어넣은 화려한 것이라고 그 는 기억했다.

그가 기억하는 것이 이것만은 아니다. 그는 전철 노선의 역을 거 의 외운다. 주로 첫 글자를 따서 연결시킨 다음 음률을 붙이는 방법 으로 외우는데 이것은 그가 신구약 성경 66권을 외우는 데도 쓰는 방법이다. 성경 목록은 일제강점기의 〈학도가〉에 가사를 바꿔서 외 우는데 '창세기, 출애굽기, 레위기, 민수기, 신명기, 여호수아, 사사 기, 룻기, 사무엘 상서, 사무엘 하서, 열왕기 상서, 열왕기 하서, 역대 상하(역대기 상하)…… 나훔, 하박국, 스바냐, 학개, 스가랴, 말라기, 마태, 마가, 누가, 요한……' 하는 식이다.

그리고 고등학교 때 배운 총검술의 순서 역시 현대음악의 기수 쇤베르크의 무조음악을 연상시키는 가락으로 100미터 달리기 선수 처럼 중간에 숨도 쉬지 않고 외워버린다. '찔찔뒤길돌뒤돌좌뒤우좌 우좌비비올.' 이것은 '찔러, 찔러, 뒤로 돌아, 길게 찔러, 돌려쳐, 뒤로 돌아, 돌려치고 때려…… 올려쳐'의 머리글자를 딴 것이다.

조선시대 임금의 이름을 외우는 것은 누구에게나 마찬가지로 그에게도 어려운 일이 아니다. 조선시대 임금은 4분의 4박자의 음률을 붙여 일곱 명씩 첫 글자를 묶어 외운다. '태정태세문단세, 예성연중인명선, 광인효현숙경영, 정순헌철고순.' 그리고 고려시대 임금역시 그에게는 어렵지 않다. '태혜정광, 경성목현, 덕정문순, 선헌숙예, 인의명신, 희강고원, 열선숙혜, 목정공우창공.' 이건 동요 〈산토끼〉에 맞추어 외우고 있다.

결혼기념일, 아이와 아내의 생일, 조부모의 기일, 장인 장모의 생일 역시 〈징글벨〉이라는 노래를 붙여 외우고 있다. '일삼이월사, 사월초파일, 육일이칠칠 팔월십오일……'로 나가는 이 노래는 1월 3일, 2월 4일, 4월 8일, 6월 12일, 7월 7일 등의 날짜를 가리킨다고 했는데 그날이 각각 무슨 날인지는 말하지 않았다. 내 짐작에는 가족의 생일이나 제삿날로 노래 가사를 모두 채우기에는 한계가 있으므로 국경일을 적당히 끼워넣는 것 같기도 하다. 혹은 김유신이나에디슨 같은 위인들의 생일을 집어넣거나.

8분의 6박자인 쓸쓸한 스코틀랜드 민요에 부친 '일조이토오링알십 오십율리백벤오백매킨'으로 시작되는 가사는 달러화의 지폐에새겨진 얼굴을 말한다. 1달러는 조지 워싱턴, 2달러는 토머스 제퍼슨, 5달러는 에이브러햄 링컨, 10달러는 알렉산더 해밀턴 하는 식이다. 그가 달러를 만져본 적이나 있는지 모르겠지만.

그걸 외우는 게 무슨 의미가 있는가, 그에게 물었다. 우리가 만난 곳은 신촌이었다. 그리고 '이아충시을삼사동(이대, 아현, 충정로, 시청, 을지로입구, 을지로 3가, 을지로 4가, 동대문운동장역)'을 거쳐 4호선 혜화역까지 가야 했다.

가면서 그는 말했다. 무엇을 기다릴 때, 예비군 훈련 가서 보초를 서거나 아기가 태어나기를 기다리며 산부인과 앞에서 서성거릴 때, 나처럼 약속 시간에 자주 늦는 친구를 기다릴 때 외운 것이 습관이 되었다고 했다. 앞으로 한 달 안에 다신교, 이를테면 그리스 로마나 힌두, 바빌론의 수많은 신들, 그리고 기독교 천사들의 이름을 외울 것이라고 했다.

혹시 시간이 남으면 전화번호부에 올라 있는 이름 가운데 받침이 없는 이름이나 일천구백삼십년대부터 구십년대까지 신문이 휴간한 날짜라든가 동네에 있는 프라이드치킨 가게의 이름을 외워보는 것도 괜찮을 거라고, 나는 우정 어린 충고를 해주었다.

왕복

우리 동네에는 아이들이 무서워하는 어른이 있다. 옛적에는 이런 어른은 특별한 권능과 위엄이 있었다. 아이들이 배가 아프거나 체하면 침을 놓아주거나, 동네에 경조사가 나면 감과 대추를 제대로 놓게 하는 지식과 큰 목소리를 가졌다. 예나 지금이나 이런 어른은 위엄을 부릴 줄 알고 그것을 즐긴다.

우리 동네 어른의 직업은 운전이다. 운전이 아이들을 겁먹게 하는가. 운전이 동네의 크고 작은 시비를 가리는 심판관의 권위를 주는가. 운전이 목소리를 크게 하는가. 그건 모를 일이다. 하지만 이런 일은 있었다.

자정이 지나 한 노인이 이 어른이 운전하는 택시를 탔다. 노인은

어른더러 근처에 있는 소방서로 가자고 했다. 어른은 자신보다 최소
한 다섯 살은 위로 보이는 노인이 웬일로 자정이 넘도록 밖을 헤매
는가, 그래야만 하는가, 그렇게 만든 세상이란 괴물은 도대체 누가
낳았단 말인가, 누가 먹여주고 재워주고 태워줬는데 등등의 생각을
하면서 단 오 분 만에 노인을 소방서 앞까지 모셔드렸다. 노인은 내
내 서글픈 표정이었다고 한다. 그러더니 다시 아까 차를 탔던 곳으
로 가자고 했다.

　어른은, 이쪽은 몹쓸 아들 녀석이 사는 곳이고 아까 그곳은 철없
는 딸년이 사는 곳이군, 생각하고 다시 차를 몰았다. 한편으로 아들
이란 무엇이고 딸이란 무엇인가, 결혼하면 다 저 잘나서 그리된 줄
알지, 아들이 망나니면 딸이라도 춘향이 같든지, 그런데 춘향이가
아버지를 잘 모셨나, 그래, 심청이다, 심청, 하면서 자신의 두 사위와
하나뿐인 아들에 대해서도 화를 냈다. 그들이 이 노인의 몹쓸 아들
딸의 동기동창일지도 모르기 때문에.

　차가 애초의 장소에 도착하자 노인은 다시 서글픈 표정으로 소방
서로 가자고 했다.

　어른은, 아하, 문제가 다를지도 모른다, 영감님이 작은집을 본 것
은 아닌가, 그래서 두 마나님에게 이리 쫓기고 저리 차이는 거로군,
하면서 미소를 지으며, 지어가며 차를 몰았다.

　차가 소방서에 도착하자 노인은 다시 아까 그 장소로 가자고

했다.

어른은 허 참, 돌아가시기 전에 정리를 잘하셔야겠는데 혀를 차며 차를 몰아 다시 맨 처음 노인을 태웠던 장소로 갔다.

노인은 다시 소방서로 가자고 했다.

어른은 출발하기 전에 잠시 생각했다. 이 영감님이 지금 돈이 없어서 거리의 천사처럼 방황하는 것은 아닌가, 내 차에서 왔다갔다하며 하룻밤을 유하시려나. 그러나 노인의 행색은 단정한 신사복 차림이었고 여관 정도는 충분히 잡을 수 있을 것처럼 보였다.

어른은 차를 출발시켰다. 물론 운전 경력 40년의 노련함에 비추어볼 때 요란한 소리를 내기는 했다. 가끔 이상한 취미를 가진 사람도 있는 법이니까. 무슨 말 못할 사정이 있는지도 모르고. 차는 삼분도 되지 않아 소방서에 도착했다. 어른이 약간 과속을 했는지도 모른다. 하지만 그 시간에는 나이와는 상관없이 그 정도의 속력은 낼 수 있는 법이라고 어른은 생각했다.

노인은 당연하다는 듯 다시 아까 그 장소로 돌아가자고 했다.

어른은 일이 분 동안 생각에 생각을 거듭하고 옷소매를 끌어내려 매무새를 단정히 한 다음 차를 출발시켰다. 내가 운전을 너무 오래했나. 진작 은퇴한 친구들도 많은데. 하지만 집에 들어앉는다고 무슨 수가 나는 것도 아니고, 기름밥 숟가락 잘못 놓았다가 정말로 숟가락 놓는 수도 있으니까, 시기 선택을 잘해야 한단 말이지, 라고 생각하면서 이 분 만에 처음 장소에 도착했다.

노인은 소방서, 라고 간단히 말하고는 만사가 귀찮다는 듯이 어깨를 내렸다.

어른은 다시 생각하려고 했다. 아무거나 좋으니 생각을 하려고 했다는 것이다. 무슨 생각이든 나기만 났으면 다시 소방서로 갔을지도 모른다. 그런데 아무 생각도 나지 않았다.

어른은 비상등을 켜고 차에서 내렸다. 그리고 차의 뒤쪽으로 가서 문을 열었다. 멱살을 잡아 노인을 끌어내렸다. 다음, 이런 요지의 연설을 했다고 한다.

"이 자식이 나이를 밑구멍으로 처먹었나, 어디서 이따위 장난질이야! 야, 내가 이 동네에서만 30년을 살았다. 어디서 돼먹지도 않은 놈이 남의 동네에 와서 물을 흐려, 미친 자식 같으니. 당장 꺼지지 못해!"

물론 어른이 이런 상스러운 욕설을 했다는 건 상상할 수도 없는 일이다. 이건 순전히 나의 빈곤한 상상력과 아둔한 어휘로 빚어진 대사다. 하지만 그 노인의 대답은 어른에게 들은 바 그대로의 직접 인용이다.

"돈 주면 될 거 아냐. 돈 여기 있어."

"얀마, 돈은 당연히 내고 꺼져야지, 내가 지금까지 공짜로 짬뽕 배달한 줄 알아?"

"어, 얼만데?"

"네가 앞으로 왕복운동 세 번 할 거까지 계산해서 만오천 원이야."

노인은 돈을 내밀고 총총히 어둠 속으로 사라졌다고 한다. 어른의 말에 따르면 그가 자기보다 나이 많은 사람을 이렇게 시원하게 가르쳐 교육의 효과를 얻은 것은 평생 처음이라고 했다.

사족. 내 친구는 학교 다닐 때 숲에서 썩은 나뭇가지를 하나 주워와서 그걸 지팡이 삼아 학교 정문으로 난 한길을, 대낮에, 남을 아랑곳하지 않고 걸어간 적이 있다. 처음에는 무심하게 보던 이들이 그가 숲으로 세번째 올라오고 정문을 향해 네번째 내려갈 때부터 차츰 모이기 시작했다. 그는 이스라엘 민중을 이끌고 엑소더스를 감행하는 모세처럼 유유히 걸어내려와 정문에 도달했다. 그리고 막 정문을 넘어오던 나를 만났다.

"이게 무슨 일이지? 네가 무슨 일을 한 거야?"

그는 썩은 나뭇가지를 집어던지고 정문을 나서면서 중얼거렸다.

"바보들."

비밀결사

우선 스위스의 페터 빅셀. 그다음은 영국의 로알드 달. 프랑스의 불우한 작가 루이페르디낭 셀린. 페루의 마리오 바르가스 요사, 그가 대통령 선거에서 일본인 2세에게 패배했다는 소식은 나를 우울하게 만들었다. 이스라엘의 유쾌한 사내, 에프라임 키숀. 국적을 나라보다는 매직(그는 한때 남미 문단을 휩쓴 매직리얼리즘의 아버지쯤으로 평가받고 있다)으로 생각하기 쉬운 호르헤 루이스 보르헤스. 젊은 시절, 한때의 크누트 함순. 죽은 지 한참 된 장자에 대해서는 나중에 따로 언급하려 한다.*

빅셀은 대중과 일정한 거리를 설정함으로써 그 거리를 대중이 자발적으로 좁히도록 충동질하는 놀라운 능력을 보여주었다.

달은 치밀한 묘사와 근원이 신비로운 끊임없는 이야기로 대중을 매료시켰다.

요사는 신화의 바다로 떠나가려는 붓과 자신을 육지에 붙들어 매도록 부탁함으로써 대중의 지지를 받았다.

셀린은 부역이라는 오명을 감내하며 조용히 묻힌 까닭에 사람들이 그의 무덤과 작품을 찾아간다.

난삽함으로 독자를 어리둥절하게 하고 고고하게 된 보르헤스, 그를 연구하지 않고는 견딜 수 없게 된 평론가들이 난처한 입장에 빠진 독자들을 구원했다.

에프라임 키숀은 타고난 유머를 정직하게 보여주고 정직하게 사랑받았다.

함순은 한때 고통을 웃음으로 번역하는 솜씨를 보여주고 곧 진지해졌다.

내가 이 사람들을 열거한 것은 이들이 어떤 비밀결사에 속해 있

---

* 그가 여기에서 언급의 대상이 될 수 없는 이유에 대해 일단 간단히 말해보려고 한다. 내 생각에 장자는 권력 지향적인 정치가였다. 그의 상상력을 사랑하지만 찬성할 수는 없다는 데 괴로움을 느낀다.

내가 꿈는 사람들 가운데 이중인격자는 없어야 한다. 그는 자신과 다르다는 이유로 권력을 지향한 실패자들을 비난하고 아름다운 상상으로 권력의 수레바퀴를 장식했다. 권력을 끄는 검은 암소는 한 번도 그에게 관심을 기울이지 않았다.

권력이 관심을 기울인 건 가엾은 추종자들이었다. 권력은 희생이 필요할 때마다 그들을 잡아들였다. 꿈꾸는 자들은 대부분 무해무익하므로 평상시에는 버려두지만 그 무관심은 처형보다 훨씬 더 굴욕적이다.

다고 생각하기 때문이다.**

우선 보르헤스는 가장 강력한 혐의를 받아야 할 것 같다. 그는 「죽지 않는 인간」이라거나 「쌍갈래 길이 있는 정원」 따위에서 난폭하다고 할 정도로 위험한 수준까지 자신이 속한 비밀결사의 비의성을 노출했다.

위험하긴 빅셀도 마찬가지다. 그는 보르헤스가 쓴 「기억력의 명수 푸네스」와 닮은꼴인 「기억력을 자랑하는 사내」를 썼다. 그는 또 「책상은 책상이다」도 썼는데 이건 비밀결사의 기초 교재인 『반야경』의 '반야바라밀은 반야바라밀이다'라는 동어반복을 연상시킨다.

알다시피 『반야경』은 대승불교에서 중요시하는 경전인데 경전을 쓴 작가들은 제가 그 말을 해놓고도 '이같이 위대한 말을 부처가 아니면 누가 했겠는가' 하고 시치미를 뗀다. 시치미는 비밀결사의 가장 보편적이고 강력한 무장이다. 불경을 쓴 것은 석가모니가 아니다. 제자들이나 수행자들이 결집하여 의견을 나누고, 자신이 기억하는 바, 깨우친 바를 기록한 것이다. 이런 행태야말로 비밀스러운 결사에서 흔히 있는 일이다. 예수의 제자들이 다락방에 모인 것이나

** 장자가 이 비밀결사의 창시자 가운데 한 사람으로 꼽히는 이유는 『남화경南華經』의 저자로 여겨지기 때문이다. 그러나 그 책을 끝까지 읽고 난 다음, 나는 곧 그걸 부인하게 되었다. 창시자로 꼽히는 사람 가운데는 엘레아 제논, 열자列子, 오비디우스, 키케로, 최치원 등이 있는데 과문한 탓으로 그들이 남긴 침과 가래의 흔적을 전부 섭렵하지는 못했다. 『산해경』의 저자로 알려진 우왕禹王, 또는 백익伯益도 의심이 갈 때가 있다.

공자의 제자들이 스승의 말씀을 기록한 것이 다 마찬가지이듯이. 빅셀은 '나는 비밀결사에서 쓰는 언어를 알아. 나도 비밀결사원이니까 말이야'라고 언명한 것이나 다름없다.

크누트 함순은 데뷔 초기에 이 비밀결사에 가담한 게 명백하다. 그는 소설 『굶주림』의 행간과 문장부호, 괄호 안에 수많은 신호를 숨겨놓았다. 그런데 근처에 있는 비밀결사원들이 너무 과묵했던지 아무도 그 신호에 응답하지 않자 실망하여 편협한 민족주의, 리얼리즘으로 발을 들여놓고 결국 노벨문학상을 받고야 말았다. 비밀결사의 일지는 이렇게 기록했을 것이다. '헌신짝 같은 명예에 연연한 떠돌이, 자신도 모르게 가입했다가 영문 모르고 추방되다.'

셀린은 이 비밀결사의 지령에 의하여 나치에 협력하면서 아돌프 히틀러가 비밀결사에 가담할 수 있는지 탐색한 건 아니었을까. 만일 그랬다면 역사는 달라졌을 것이다. 『나의 투쟁』의 작가는 '강력한, 조직된 소수는 성실하고 비조직적인 다수를 언제든지 잡아먹을 수 있다'는 요지의 주장을 했는데 이것은 틀림없이 비밀결사의 강령과 일치한다. 한때 신부나 화가가 되려 했던 그가 셀린의 권유를 받아들여 회개하고 비밀결사원이 되었다면 침대에서 늙어 죽었을지도 모른다. 천만 부 이상을 찍은 『나의 투쟁』의 작가이므로 인세도 상당했을 테니까. 히틀러의 사후에 끈질기게 도피설, 생존설이 나돌던 것도 비밀결사의 활동 때문이 아닌가 생각한다.

키숀은 이 비밀결사의 재무를 담당하고 있다. 그는 '가족'이라는 달콤하고 안전한 소재로 책을 수백만 부씩 판매하는 합법적인 활동을 하고 있다. 이런 활동으로 비밀결사의 존재를 의심할지도 모르는 또다른 비밀결사나 정보기관의 눈을 속였을 것이다. 그가 인세 수입 대부분을 가족과 나누지 않은 건 확실하다.

달은 미국에서의 외교 무관 시절, 비밀결사와 접촉하기 시작했다. 그는 몇 가지 작품에서 경솔하게도 그 사실을 에둘러 표현하려고 했다.*

「맛」「남쪽 남자」 따위. 여기에는 도박하는 사내들의 이야기가 나오는데 '도박을 위한 도박'은 비밀결사의 대표적인 상징 가운데 하나다. 그는 그 무렵 경고를 받은 게 확실하며 「달리는 폭슬리」에서 제목과는 달리 얌전했던 까닭에 비밀결사에서 추방되는 것을 면했다.

요사는 최근에 드디어 봉기의 때가 왔다고 주장하고 비밀결사에서 키운 능력을 정치력으로 전화시키려고 기도하다 실패했다. 비밀결사에서는 그의 생각에 동의하지 않았다. 그건 봉기도 아니고 봉지도 아니다. 한마디로 철없는 짓이다. 한 나라의 대통령이 된다는 것

---

* 추방의 징벌을 무릅쓰고라도 이 비밀결사에 가입했음을 남에게 알리고 싶은 충동은 너무도 강하다. 그걸 모르는 바는 아니지만 비밀결사의 명예는 비밀결사에 대한 헌신, 충성, 비밀 엄수에 의해 지켜지는 것이다. 따라서 그 충동을 이기지 못하는 자는 내생에도 비밀결사원이 될 희망이 없는 자로 간주하는 게 당연하다.

은 개인적으로는 매력적일지 모르지만 비밀결사에는 전혀 도움이
되지 않는다. 대통령을 끼워넣고서 조직의 기밀을 어떻게 지킬 것
인가.

역대 비밀결사의 구성원은 대체로 천재에 가까우며 한 나라의 대
통령이나 독재자가 가진 힘, 세속적인 권위가 있는 상이나 속물성,
저를 제외한 모든 이에게 군림하려고 하는 촌스러운 권력, 그에 관
련된 권능을 의심하는 사람들이다.*

예를 들어볼까. 비밀결사는 구성원 중에서 노벨상을 타는 사람이
나오지 않도록 엄청난 노력을 기울였다. 그 대표적인 예가 로버트
프로스트이며 마크 트웨인이다. 마크 트웨인은 비밀결사에 속했지
만 노벨상이 처음 제정되었을 때 그 상을 움켜쥐려고 남모르게 용을
썼다. 어울리지 않게도 『인간이란 무엇인가』 같은 비극까지 쓰지 않
았던가. 어느 회합에서 한 비밀결사원이 스웨덴의 사업가 노벨에게

---

* 이제 K와 B.B, 노선생老先生에 대해 언급해야겠다. 눈치 빠른 독자라면 이미 알아차렸
겠지만 이 비밀결사의 가장 강력한 멤버로 의심받아 마땅한 사람이 둘 있다. 그들은 나와
너무 친해서 차마 그 이름을 쓸 수가 없다.
　내 생각에 친하다는 것은 곧 자신의 글 속에 친한 사람의 이름을 절대 쓰지 않는 것이
다. 내가 K와 B.B라는 익명을 쓰는 것은 그 때문이다.
　노선생은 비밀결사 운운하는 말에 코웃음부터 칠지도 모른다. '대장부는 밝은 해 아래
드러나는 것이 기껍지 않다면 움직이지 않는다'고 그는 말했다. 그러나 내 마음 한구석에
서 그를 수상쩍어하는 것도 사실이다. 비밀결사의 정체가 드러나는 건 곤란하지만 비밀
결사에서 하는 일은 드러난다 해도 하등 부끄러울 게 없는 것이다. 역설적으로 기꺼우므
로 드러내지 않고도 할 수 있는 일, 그 일을 하고 있다고도 말할 수 있지 않을까.

마크 트웨인이 죽기 전까지는 노벨상에 문학 부문을 집어넣지 말라고 협박했다는 이야기가 들린다.** 그게 안 되면 마크라는 이름이 들어가는 사람은 무조건 후보에서 제외하라고 했다는 것이다. 그래서 초기의 노벨문학상 수상자들은 마크라는 이름이 드문 북구에서 많이 나왔다는 분석이 있다. 로버트 프로스트는 후일 영국으로 건너가 그 이야기를 듣고는 수상을 처음부터 포기한 것 같다. 풀리처상을 네 번 받았지만 그 정도야 허용되는 수준이다. 노벨상만은 안 된다. 멀리 떨어져 있던 자크 프레베르 역시 작은 야심을 포기하고 영화로 방향을 돌리겠다고 맹세했다.

** 내가 이 비밀결사의 암시를 받은 것은 게르만족과 유대인의 혈통을 받은 B.B와 K, 두 사람이었음을 고백하지 않을 수 없다. 그 두 사람은 게르만족의 순혈을 찬양한 독재자에 의해서 직접, 간접으로 피해를 입었다. 독재 권력을 유지하는 데 K는 조금도 위협적이지 않아, 거의 먹을 수 있는 살충제라고 표현할 수도 있다. 그러나 어딘지 까다롭고 난해하다는 인상을 준다.

B.B는 세상을 향해 팔을 너무 많이 벌렸다. 한마디로 오지랖이 넓은 사내인데 불행히도 인생이라는 짧은 시간 속에서 벌여놓은 일을 수습할 수 없을 정도로 판도를 넓혀놓은 게 흠이다. 자신이 죽고 나면 곧 남의 땅이 되어버릴 것을 알면서도 짧은 생애 동안 공격과 원정으로 일관한 역사 속의 정복군주들을 생각해보라.

세 사람에 대해서는 다시 언급할 기회가 있을 것이다. 한 가지 확실한 것은 비밀결사의 그 누구도 세 사람에게 접촉해볼 생각을 하지 못했다는 것이다. 그것은 사상이라는 구름이 만든 정치적 해자垓子 때문이기도 하고 지리적, 시간적 거리 때문이기도 하겠다. 그러나 그런 걸 뛰어넘는 어떤 기회가 왔더라도 다른 비밀결사원들이 감히 당신이 비밀결사원인가 묻지 않았을 거라고 단정할 수 있다.

사랑을 느끼고서는 결사성을 유지할 수 없는 법이다. 결사는, 특히 비밀결사는 각각 독립적이면서 질투가 많고 샐쭉하기 쉬운 사람들이 모였을 때 가장 잘 꾸려진다.

노벨상 심사위원회에 비밀결사의 구성원이 들어 있는 것은 확실하다. 그래서 보르헤스는 상을 받을 수 없었다. 늘 투덜거리던 도서관의 쥐여, 이제 영문을 알았는가.

비밀결사의 강령, 구성원의 공통된 관심은 인간이었다. 불운한 인간, 시대의 톱니바퀴에 걸린 평범하고 소박한 인간, 시민, 군중, 다수. 그들을 위해 언제든지 눈물 흘릴 수 있는 일체감, 진실한 애정, 인간을 가엾게 만드는 부조리에 대한 비판, 풍자, 저항. 그러한 인간이 존재하는 한 그들의 결사도, 그들의 이름도 불후할 것이다.

나는 일단 이 비밀결사의 이름을 '따뜻한 인문주의자'로 부를 것을 제안한다. 결사의 이름을 공표하는 것은 아직 빠르다. 아니, 이름 따위는 없는지도 모른다. 그들이 충성하려는 것은 이름이 아니라 인간이기 때문에. 인간의 명목이 아니라 인간 그 자체, 특히 더럽고 가난하며 고통받는 모든 인간.

내가 영합하려는 것이 바로 그것이다. 그들이 나를 알 리는 없지만.

예언자

예언자는 준비된 단상으로 올라간다. 청중들은 노래를 멈췄다. 박수도 멈췄다. 산발한 예언자, 매듭이 없는 옷을 걸친 맨발의 예언자, 청중을 굽어본다. 희미한 조명이 그의 얼굴을 비춘다. 점점 밝아진다. 공간을 직선으로 뚫은 초록색 조명이 그의 입에 집중된다. 그는 외친다.

나는 본다 보인다
상상하라 상상하라 상상하라
가난한 자는 복이 없나니, 천국만이 저들의 것이라

훌쩍거리던 여인이 제지당한다. 청중은 침묵한다. 예언자는 노래한다.

너희 썩어빠진 권력자들, 전쟁광, 남의 피만 좋아하는 흡혈귀들,
쓰레기장의 파리떼 같은 족속아
죄와 천재의 튀기들아
너희의 탄생은 무한하고 멸망은 한 번뿐이나 이제 멸망의 때가
왔다
이제 너희가 총을 쥐고 전장을 쏘다녀야 하고
삽으로 네 구덩이를 파야 하며
연속극에 한숨짓고 이웃에게 감시받아야 한다
너희에게 남은 것은 굶주린 아이들과 힘세고 짜증 많은 아내와
세상에 대한 분노뿐이니,
너희의 짐을 꾸려라

청중은 조금씩 반응한다. 부디 용서를. 누군가 중얼거린다. 용
서를.

지금 끄덕대는 녀석들, 모이기 좋아하는 얼간이들아
제 몸과 제집밖에 모르는 놈들아

말랑말랑한 밥통들아

잘난 시민 여러분, 지쳤다고 지겹다고 주둥이로만 나불대는 놈들아

너희보다 수고하고 너희보다 부지런해야 배를 채우는 동족을 보고 안심하는 놈들아

너희의 집은 불타고 무덤은 파헤쳐진다

너희는 더 비굴해져야 하고 더 숨죽여야 하고 더 힘이 없어지고 더 쉽게 지쳐야 한다

너희에게 던져진 설문은 장난이었고 정책은 농담이고 여론은 눈가림이고

공고는 엉터리, 신문도 재판도 너희를 속인다

너희는 영원히 불안해야 하고 조금씩 닳아가는 삶을 살아야 한다

청중은 이제 전율한다. 약한 불로 끓이는 물처럼 이제 조금씩 소리내기 시작한다.

보이지 않는 무리여

헐벗고 굶주리고 버림받은 씨앗들

매일을 소금과 땀으로 씻으며 하루하루를 한탄과 분노로 소모하는 가엾은 종족이여

서 있을 좁은 땅조차 빼앗긴 가축들

전쟁이 너희를 쓸기 전, 기아가 때려죽이기 전에 너희가 서로를
잡아먹으리

한 뼘의 잠자리와 한줌 낟알 때문에

가장 날카로운 이빨로 서로를 물어뜯으리라

네 아비처럼 네 맏이가 썩어 넘어지고

네 어미가 딸의 머리를 끌어 팔아넘기며

약속된 땅은 없다

그러니 슬퍼하라 너희에게 돌아간 축복은 협잡이고 얼버무림
이고

너희의 분노는 아무 힘도 없어 세상을 바꾸지 못하니

너희는 복이 없다, 천국만이 너희의 것이다

욕을 실컷 먹어 제정신이 아닌 청중은 울부짖는다. 일부는 먹은
욕을 게우며 기어다닌다. 일부는 일어서서 펄쩍펄쩍 뛴다. 일부는
서로를 끌어안고 서로를 두들기다가 쓰러진다. 땀과 눈물과 남의 피
로 온몸이 더럽혀진다. 기둥이 흔들린다. 천장이 떨어진다. 예언자
는 퇴장한다. 무대는 어두워진다.

이제 예언자를 상상하자. 그가 식탁에 앉아 인형 같은 아이들과
신경질 많은 아내에게 포위당한 채 땀을 흘리며 뼈에 붙은 뜨거운

고깃덩어리를 물어뜯는 것을 생각해야만 한다. 불행히 이 모두가 사실이 아닐지라도.

아니, 이 모두가 진실이라 하더라도 이제 우리, 상상을 멈추자.

술

술 가운데 매견梅鵑이라는 게 있다. 매견 열매를 따서 찬 샘물에 잘 씻는다. 계곡물은 하급이며 냇물이나 강물은 쓸 수가 없다. 매견은 요컨대 앵돌아지기 쉬운 선녀처럼 다루어야 한다.

씨앗째 투명한 항아리, 이를테면 유리항아리에 넣고 뚜껑을 밀봉한다. 매견의 단단한 살에는 다량의 당분이 함유되어 있기 때문에 다른 과실주를 담글 때처럼 설탕이나 소주를 부을 필요가 없다. 매견 열매는 가지에서 떨어지는 순간부터 적당한 효모를 만나면 발효하기 시작한다.

처음 보관 장소는 습기 찬 그늘, 이를테면 지하실 같은 곳이 좋다. 발효는 느리게 진행되어야 한다. 물과 알코올, 곰팡이가 서로 친구가 되고 열애에 이르러 피를 나눌 정도가 되어야 한다. 이것이 급해서는 안 된다. 사람이란 평생 몇 번 하는 연애에는 한껏 진지하면서 술은 대수롭지 않게 생각하는데 매견은 그리해서는 냄새도 맡을 수 없다. 각설.

짙은 그늘에서 한 해가 지나면 매견은 붉은빛을 띤다. 이때 얕은 그늘, 이를테면 하루 한 번 약한 볕이 드는 병풍 뒤로 가져와 2년이 지나면 분홍빛이 되는데 초심자는 대부분 이때를 넘기지 못한다. 이 빛은 사람의 심신을 들뜨게 하여 잘못하면 사흘은 색욕에 빠져 있게 된다.

이때를 지나 정욕을 이길 수 있거든 문갑 위에 놓고 매일 지켜보아도 된다. 3년이 지나면 노란색에 가까워지고 탈없이 5년이 지나면 황금색에 가까워진다. 이로부터 색깔은 변하지 않는다. 다만 황금색이 짙어갈 뿐이다.

내 친구는 담근 지 10년이 지나 술병을 열었다. 그 향기와 맛은 가히 일품이었다고 한다. 그와 함께 잔을 나눈 이들에게 질투를 넘어 전의를 느낄 지경이다. 그의 덕과 참을성이 여러 사람에게 평생 보기 드문 즐거움을 주었던 것이다.

근래에 30년 이상 묵힌 매견이 어딘가에 있다고 들었다. 그 주인은 행복한 사람이리라. 50년 이상 묵은 매견은 이 세상에 없다. 당연히 그 주인도 없을 것이다. 그 이상이 되면 매견에 귀신이 깃든다고 한다. 그 귀신은 평소에는 사람의 몸을 숙주로 그 안에 사는데 숙주가 술에 미쳐 죽어야 빠져나온다. 그리고 허공에 떠돌다가 간혹 오래된 매견을 보면 그 술의 정령이 된다는 것이다.

50년 이상 묵은 매견을 보면 즉시 없애버려야 한다. 그러지 않으면 평생 술을 끊어야 하리라. 매견의 귀신이 행여 그대 몸에 들어온다면 죽은 뒤라도 취귀醉鬼로 구천을 헤매야 하니까. 미처 50년이 안 된 매견은 보는 족족 먹어치우는 것이 공덕을 쌓는 일이다.

목이 좋은 곳

어느 읍내나 목이 좋은 가게터가 있는 법인데, 60년대에 우리 읍내에서 가장 목 좋은 곳에는 목공소가 있었다. 늘 나무를 켜는 향긋한 냄새가 나는 목공소 옆에는 무뚝뚝한 석수장이가 돌을 쪼고 있었다. 아이들은 약간 푸르스름하고 분필처럼 글씨를 쓸 수 있는 돌을 얻어오곤 했다. 석수장이는 물이 흐르는 곳에 묻어두면 돌이 땅속에서 자란다고 했는데 그래서 웬만한 아이들은 저마다 보물과 같은 비밀을 가지게 되었다. 누군가 그 비밀을 알고 먼저 그 돌을 캐가는 경우가 더 많았지만.

그 옆에는 한약방이 있었고 대장간이 있었다. 굵은 알통에서 땀을 흘리며 풀무질을 하던 사내, 석탄을 집어넣느라 늘 얼굴이 시커먼

조수, 가끔 괭이며 낫을 벼르는 걸 거들다가 제 발등을 찧고 깡충깡충 대장간 앞을 뛰어다니던 그. 씨앗을 파는 곳 옆에 큰 창고가 있었는데 극장이었다가 서커스단 공연장이 되었다가 약장수의 공연장이 되기도 했다.

70년대에는 목공소 자리에 서점이 들어섰다. 옆집은 역시 한약방이었고 그다음이 중국음식점, 그 옆은 선술집이었다. 이어서 양복점과 구두 가게. 책이란 사서 읽는 사람에 따라서 하룻밤 소일거리가 되기도 하고 그중 어떤 문장이 발도 없이 평생을 따라다닐 수도 있는 법이다. 중국음식점은 아이들의 샹그릴라, 사무원들이 좋아하는 패스트푸드점이었다. 여름이면 늘 주방문을 열어놓고 국수를 빼던 주방장이 생각난다. 밀가루 반죽에서 동아줄처럼 두꺼운 줄이 되었다가 차츰 철사줄처럼 가늘어지는 국숫발을 만들어가면서 아이들을 향해 싱글싱글 웃어 보이던 잘생긴 남자.

양복점 주인은 머릿기름을 잔뜩 발라 머리를 번쩍번쩍하게 빗어 넘긴 다음 와이셔츠 바람으로 가게 앞에 서 있기를 좋아했다. 이웃 구두 가게 주인 역시 머릿기름 바르는 데는 선수였는데 두 사람 다 머리카락이 많지는 않았다. 이때는 가게 주인의 권위나 솜씨가 가게의 흥망을 가르는 결정적인 역할을 했다.

한편에서는 싸구려 상품이 등장하고 어리숙한 사람에게 바가지를 씌우는 상혼이 판치기 시작했는데 목 좋은 이곳에서 그런 일은 어림없었다. 어쨌든 60년대와 비교해보면 이 지역 가게들이 취급한 상품은 소비에는 짧은 시간이, 생산에는 긴 시간이 걸렸던 것으로 생각할 수 있다. 선술집은 뭘까. 그 집 주인은 외지에서 와서 덮어놓고 목 좋은 곳을 잡았던 것뿐이다.

80년대에는 서점이 있던 자리에 가전제품 매장이 들어섰다. 옆집은 한약방이었고 그다음은 한식집, 그리고 4층짜리 건물이 들어서서 다방, 기성복 판매장, 스포츠용품 판매점, 약국, 제과점, 슈퍼마켓, 경양식집 등등을 한꺼번에 수용했다. 이때부터는 일정한 성향을 찾을 수 없고 그저 목이 좋다는 것만 최대한 강조된 셈이다. 늘 사람들이 끓었고 빈 상자, 끈, 비닐포장과 같은 쓰레기가 쏟아져나왔다. 대량 생산, 판매, 소비가 시작됐던 것이다. 그 당시 어느 읍내나 마찬가지로.

그렇다면 그전에 가게를 하던 사람들은 어디로 갔을까. 솜씨를 버리지 못한 양복장이는 목이 조금 나쁜 곳으로 가서 간간이 들어오는 주문에 따라 옷을 만들어주고 그 옷을 줄이든가 늘여주면서 먹고 살았다. 서점 주인은 가전제품 판매장 사장이 되었다. 대장간의 알통 굵은 사내는 쌀장수로 전업했고 목공소는 골목 깊은 곳으로 숨어들어갔다. 구두 가게 사람은 다른 곳으로 가버렸는데 소식도 종적도 끊어졌다. 선술집 주인은 한식집 주방장이 되었다. 중국음식점은? 더 큰 집을 사서 이사를 갔다.

90년대에 그곳은 퇴락했다. 큰길이 뚫리면서 더 목이 좋은 곳이 생겼고 눈치 빠른 사람들은 이사를 가거나 폐업했다. 한약방 주인은 한층 권위가 생겼으나 나이 때문에 더이상 일을 할 수 없게 되었다. 간판을 내릴 기운도 없는지 여전히 한약방은 그곳에 있었다. 그곳은 더이상 목 좋은 곳이 아니다.

당신은 혹시 나와 같은 기분을 느낄 때가 없는가. 야트막한 처마와 처마가 잇닿은 조그만 읍내를 지날 때, 거기 커다란 유리문에 쓰인 맞춤 전문이라는 글귀를 볼 때, 고추를 빻던 여인이 밖을 향해 문득 멍한 눈길을 던져올 때, 약방의 파리채를 든 주인과 눈이 마주쳐 무슨 생각이든 행동이든 해야 할 때, 60년대와 70년대와 80년대, 그리고 90년대의 목 좋았던 가게가 떠오르지는 않는가. 올망졸망 모여 있던 그 가게들, 저녁마다 미루나무가 선 거리로 수선스럽게 퍼져나가던 대화, 뭔가 기대에 찬 사람들의 표정, 그리고 자전거에서 따르릉하고 울리던 종소리까지 한꺼번에 떠오르지는 않는가.

외길

무덤을 향하는 길은 외길이다.

운전사는 음료수 깡통을 두 개째 비운다. 운전사 뒤, 손아귀에 손
수건을 쥐고 있는 사람들은 아직 침묵에서 벗어나지 못하고 있다.
죽은 사람에 대해 말하는 것은 금기다. 그를 위해 덜컹거리는 흙길
을 가고 있지만. 영구차 앞에는 상장喪章을 두른 커다란 외제차가 천
천히 가고 있다. 앞차 뒷자리에 앉아 있는 과부의 하얀 목덜미가 들
여다보인다. 영구차 뒤로는 승용차가 다섯 대쯤 따르고 있다. 그리
고 딸, 아니 아들이던가, 자식들은 뒤쪽에 앉아서 침묵을 고수하고
있다. 차 뒤쪽에는 대형 화환이 하나, 둘, 그 이상 서 있다. 어떤 것은
눕혀져 있다. 꽃을 장사 지내려는지 사람보다 꽃이 더 많다. 화환은

한 가게에서 만든 것처럼 비슷하다, 모양도, 꽃의 종류도.

외제차 앞에 다른 가족이 영구차를 타고 무덤으로 가는 흙길을 가고 있다. 그들이 탄 영구차는 작고 납작한데다 군데군데 칠이 벗겨진 낡은 차다. 그러나 엔진 소리는 외길을 따라오고 있는 어떤 차보다도 크다. 엔진 소리뿐만 아니다. 작은 영구차에 타고 있는 사람들, 그 가운데 한 사람의 울음소리만으로도 뒤에 따라오는 사람들, 수십 명의 중얼거림, 훌쩍거림, 한숨과 한탄, 속삭임을 충분히 그치게 할 수 있다. 그런데 그런 사람들이 한 사람도 빠짐없이 한꺼번에 울고 있다.

그들의 차를 몰고 있는 운전사조차 울상이다. 물론 그는 음료수라고는 구경도 못했다. 그는 망설이고 있다. 뒤에 따라오는 커다란 영구차에서 울리는 귀여운 경적음을 들었기 때문에. 처음에는 경적을 무시했다. 뒤에 따라오는 차를 몰고 있는 운전사의 혈색은, 자신을 포함해서 이 차에 타고 있는 누구보다도 좋을 것이다. 깨끗한 셔츠에 단정하게 늘어뜨린 넥타이도 그를 주눅들게 만든다. 소풍이라도 나온 것 같다. 아니, 무덤까지 소풍을 나올 리는 없지. 그렇다고 하더라도 상관없다. 어차피 묘지로 갈 테니, 그런데.

가난한 사람의 주검을 싣고 가는 사람들은 가난하다, 그렇지 않다면 나 같은 사람에게 일을 맡길 리 없지. 가난한 주제에 우는 데는 왕처럼 당당하다. 그런데 그 순간 다시 귀여운 경적이 울린다. 그는

198

짜증이 났고 짜증 때문에 땀을 계속 흘렸다. 목마르다. 그걸 알아주는 사람은 아무도 없다.

"그만하세요, 제발."

가난한 사람의 가족들은 놀란다. 누가 그랬지? 서로를 바라보지만 알 수가 없다. 창밖을 바라보아도 울음을 그칠 이유가 발견되지 않는다. 다시 여자들은 통곡한다. 남자들은 눈물을 훔치고 아이들은 영문도 모르고 따라 운다.

"그만하시라니까요!"

네번째 경적을 듣고 운전사는 소리친다. 어리둥절하던 가족들, 비로소 그 말이 운전사에게서 나왔다는 것을 깨닫는다. 남자들 가운데 하나가 목쉰 소리로 항의한다.

"울지도 말란 말이요."

"시끄러워서 운전을 못하겠다고요."

운전사는 가족들과 눈을 마주치지 않으려고 조심한다. 거울도 바라보지 않는다.

"아니, 이 양반아. 장례 치르는 사람보고 울지도 말라니, 그게 무슨 심보야."

"나 참, 누가 아예 울지 말랍니까. 적당히 하시라니까."

다시 뒤차에서 경적을 울린다. 운전사도 신경질적으로 마주 울려댄다. 물론 뒤차의 부드럽고 귀여운 음색과는 다른 신경질적인 소리다. 배고픈 짐승이 울부짖는 것 같다. 모두 그것을 느낀다. 고물차 하나 몰면서 성질 더럽네. 누군가 땀을 흘리며 들으라고 중얼거린다. 비좁다. 안도 밖도.

"저 차 좀 비키라고 해."

뒤차의 운전사는 네네, 알겠습니다, 하고는 계속 경적을 울린다. 길이 덜컹거리는 것이 신경쓰인다. 자신의 운전 솜씨 탓이라고 오해하지나 않을까, 초조하던 참이다. 다른 사람이, "길이 왜 이 모양이야. 꼼짝할 수가 없잖아" 했을 때 다소 안심을 한다.

"에어컨 좀 꺼. 춥구만."

운전사는 다시 네네, 하고는 차를 앞차에 바짝 갖다붙인다. 상복을 입은 여자가 울고 있는 게 보인다. 울음소리가 차 유리를 넘어서까지 들려온다. 높고 낮은 음이 뒤섞인 합창 같다. 부르는 호칭도 갖가지다. 오빠, 여보, 형님, 아빠, 형식아, 형식아. 다시 말소리가 들린다.

"정말 초상났군, 초상났어."

운전사는 다시 네네, 하고 고개를 끄덕인다.

"처음에 당신이 시비를 걸었잖아! 그만 울라고."

죽은 사람의 아들로 보이는 사람이 반말로 소리친다. 운전사는 대꾸하지 않기로 한다. 바퀴가 돌멩이를 튀기는 소리가 들린다. 차가 오른쪽으로 휘청했다가 간신히 바로잡힌다. 길 한번 더럽군. 그는 중얼거리고 다시 백미러를 살핀다. 거울 속에서 그는 한 사내가 자신을 노려보고 있는 것을 알게 된다.

"당신 뭐라 그랬어?"

"뭘 말이야?"

드디어 운전사는 참을 수 없게 된다.

"더럽다고?"

"당신한테 그런 거 아냐!"

"그럼 누구한테 한 거야?"

"네가 상관할 거 없어!"

가난한 가족들은 일제히 운전사의 넓은 등을 노려본다. 검게 그을린 그의 목에서 쉴새없이 흘러내리는 땀이 더러운 셔츠 안으로 들어가고 있다.

"뭐, 너?"

"그래, 너한테 안 그랬어!"

차가 멈춘다. 운전사와 죽은 사람의 형이 뛰어내린다. 둘은 멱살을 잡는다. 뒤에서 따라오던 다른 가족의 행렬도 멈출 수밖에 없다. 울음소리도 멈춘다. 한숨도, 속삭임도, 훌쩍거림도. 죽은 사람도 멈추고 꽃들도 시들기를 멈춘다.

"비키라고 해!"

그러나 길은 외길이다.

거지

비가 내리는 광저우 역 앞 광장은 온갖 거지들로 꽉 차 있었네. 추수를 앞두고 내리는 가을비에 젖은 겸손한 벼를 보았겠지. 이곳 광장은 그 벼들이 서 있는 논과 같이 보인다네. 한 논에 서 있다고는 하지만 벼의 종류는 엄청나게 다양하지.

서 있는 거지, 앉아 있는 거지, 누운 거지, 팔이 하나 없는 거지, 발이 하나인 거지, 두 손의 손가락이 다 합쳐 하나이거나 한 손의 손가락만 여섯인 거지, 화상을 입은 거지, 화상과 상관이 없는 거지, 양복을 입은 거지, 군복을 입은 거지, 입은 게 없는 거지, 남자 거지, 여자 거지, 아이 거지, 노인 거지, 가족이 총출동한 거지, 대표로 한 사람만 나온 거지, 손을 내미는 거지, 끌어당기는 거지, 간질이는 거지,

꼬집는 거지, 그릇을 흔드는 거지, 말로 구걸하는 거지, 표정으로 구
걸하는 거지, 구걸하는 거지를 구경하는 거지, 공부하는 거지, 구걸
하지 않는 거지, 도대체 거지처럼 보이지 않는 거지까지. (B.B는 일
전에 말했네. 처지가 거지인 것은 중요하지 않다. 가장 거지답게 보이는
자가 성공적인 거지라고. B.B가 중국에 와보았는지는 모르지만 진실을
말한 건 분명하네.)

또 보세, 또 쓰겠네.

매

웨양에서 하룻밤을 보내고 아침에 기차역으로 갔네. 표를 사려고
했으나 매표구는 닫혀 있었지. 게다가 닫힌 매표구 앞에는 중국인들
이 좋아하는 용처럼 긴 줄, 기차놀이하는 아이들처럼 서로 허리를
부여안은 완강하고 튼튼한 줄이 서 있었네. 이 줄에 끼어들기는 힘
들 것 같았네. 줄을 선다고 해도 어차피 말이 통하지 않으므로 표를
사기도 힘들겠지. 더구나 얼마를 기다려야 할지 알 수도 없고.

돈이 있다. 가야 할 곳도 있다. 표를 살 수 없다. 당연하다. 나는 중
국인이 아니고 중국말도 모르고 줄을 어디서 서야 할지도 모른다.
그럼 어떻게 하나. 기차를 탈 때까지 길을 잃은 건가. 내가 아는 건
이럴 때는 이곳을 벗어나 다른 곳으로 가보는 것 정도라네.

웨양 역은 다른 기차역과 마찬가지로 역 앞 광장에 거지와 먼지, 거지가 먼지에 뱉은 침을 가득 머금고 있었네. 세계 어디나 마찬가지로 중국에서도 직업과 가난, 생존은 모두 다른 것이었네. 직업적 가난, 가난한 직업, 생존을 위한 직업, 직업을 위한 생존이라는 식으로 부질없는 말장난을 하면서 찻집으로 향하다 간판 하나를 보았다네. '표를 대신 사줌代買票'이라는 그 간판을 읽을 수 있었던 건 행운이었네. 그곳으로 갔으나 담당자가 없다는 대답. 기다리는 동안 접수대의 아가씨는 밥을 먹었네. 문득 한 사내가 어깨를 으쓱이며 나타났다네.

으쓱이는 것이 그의 버릇이었네. 으쓱거리지 않고는 행세를 할 수 없는 곳이 기차역인지도 모르지. 내가 필담으로 표에 관해 물어보는 동안 그는 최소한 스무 번 이상 어깨를 으쓱거렸네. 으쓱거림을 반주하는 것처럼 코를 킁킁거리기도 했지. 그는 두 시간 뒤에 다시 오겠노라고, 그때가 되어야 표를 판다고 말하고는 사라졌네. 나는 찻집에서 거리를 지나가는 온갖 거지와 거지 아닌 사람을 구경하면서 기다렸네.

두 시간이 되기 전에 그는 나타났네. 으쓱거리는 그의 버릇 때문에 13억 인구 속이라면 몰라도 5월의 한낮, 작은 도시 웨양의 역전에서는 멀리서도 그를 쉽게 알아볼 수 있었네. 역으로 나를 데려간 그는 용을 연상시키는 줄 밖에서 나를 기다리게 했네. 표값을 물어보았지만 그도 몰랐네. 구이린에 가려고 한다. 최고등급 표를 원한다. 그는 최고등급 표를 구하는 사람을 처음 본 것 같았네. 놀란 얼굴이었지. 남의 표를 대신 사주는 것이 그의 직업이지만.

내가 타려는 기차는 3시 25분에 웨양을 출발한다고 되어 있네. 매표는 3시가 되도록 시작되지 않았다네. 3시 10분이 되자 줄을 선 사람들이 매표구를 막은 판자를 두드리기 시작했네. 매표구와 표를 사는 사람 사이에는 너비가 30센티미터 정도 되는 시멘트 선반이 있고 평소에는 질서유지원이 그 선반을 밟고 서서 큰 소리로 사람들을 어르고 있다네. 줄을 세우기 위해 철봉을 세워놓았네. 표 파는 역무원과 이야기하려면 키 정도로 높은 선반에 온몸을 던지고 사람 얼굴만한 창에 대고 있는 힘을 다해 행선지를 외쳐야 한다네.

마침내 매표구가 열렸다네. 줄 밖에 있던 매표 선수들이 놀랄 만한 속도로 철봉 위로 올라가 선반으로 몸을 던졌네. 그러나 맨 앞에 서 있던 사람이 이미 역무원과 입을 맞출 듯이 온 얼굴을 매표구에 들이민 상태였지. 사내도 날랜 동작으로 철봉 위로 올라 어느새 선반에 접근해서 두번째 사람의 머리를 잡아 뒤로 젖히고는 그 틈으로 매 발톱과 같은 손을 창구 안에 들이밀었네. 창구에는 이미 얼굴 하나와 손 서너 개가 들어가 있는데 다음 사람은 그 손의 주인을 올라탄 사람을 올라타야 손을 내밀 수 있는 거리에 접근할 수 있다네. 이 선수들에게는 일종의 조합이 결성되어 있는 모양으로 신참이나 일

반 승객이 표를 사려고 같은 동작으로 선반에 뛰어오르면 등을 두드린 다음, 이를 드러내거나 눈을 부라리는 간단한 동작으로 아래로 내려가게 하고 있었네.

이제 사내는 등밖에 보이지 않았네. 이윽고 그의 등이 땀으로 젖었네. 종이에 물이 먹어들어가는 것처럼. 잠깐 그의 등이 움찔하더니 오른손이 나오며 손가락을 두 개 폈네. 200위안을 더 달라는 신호. 그는 오른손으로 먼저 들어가 있던 왼손에 내게서 받은 돈을 옮기고 나서 힘을 다해 자신의 콧구멍을 틀어막고 있는 머리를 밀쳤네.

출발 오 분 전. 드디어 그는 땀이 묻은 표를 들고 선반을 내려섰네. 그는 애초에 약정한 수수료 30위안이 아닌 50위안을 요구했네. 나는 그의 노고를 인정해주었네. 그는 나의 가방을 대신 들더니 빨리빨리, 곧 '콰이콰이快快'라고 외치며 개찰구를 통과, 내가 탈 기차간까지 안내했네.

그는 한 달 수입 중 1할을 그날 하루에 벌었다고 했네. 그는 역장의 여동생과 결혼했다고도 했네. 그 여동생과의 사이에 아이가 하나 있다더군. 다른 매표 선수들도 무엇인가 연줄이 있다고 했네. 기차가 출발하기 전, 마지막으로 본 그의 웃음은 매가 포식을 했을 때처럼 순진하고 때묻지 않은 것이었네. 매가 웃는다면 말이지만.

눈 속의 달걀

눈은 저녁부터 내린다. 어둠이 미끈미끈해지고 걸어가던 사람들은 넘어지기 시작한다. 미끄럽다. 미끄러진다. 사람 뒤에 따라가던 개도. 차들은 체인을 절그럭거리며 굴러가고 눈은 쉬지 않고 내린다.

달걀을 실은 자전거가 달려온다. 눈은 자전거 위에도 내린다. 자전거에 탄 사람에게도 퍼붓는다. 자전거를 탄 사람, 비틀거리며 안간힘을 쓴다. 눈보다 흰 입김을 뿜어내며. 모자를 깊숙이 눌러써서 그가 누구인지, 무엇인지 모른다. 눈은 멈추지 않는다.

문득 자전거가 쓰러지고 사람이 쓰러진다. 달걀이 쏟아진다. 몇은 그 자리에서 깨지고 다른 달걀에 눌리고 으깨지고 몇 개는 굴러나온다. 자전거와 함께 쓰러진 사내는 욕설을 퍼붓는다. 폭포처럼 입김을 뿜어대며.

달걀은 기우뚱기우뚱 차도를 굴러간다. 신호를 향해 달려오는 차들이 멈춘다. 체인 소리가 그친다. 미끄러지던 사람, 같이 미끄러지던 개도 엉덩이를 쳐든 채 굴러가는 달걀을 바라본다. 눈이 멈칫 그친다.

달걀은 기우뚱기우뚱 굴러간다.

물이 새다

"물이 새요."

아래층에서 사내가 올라왔을 때 어머니는 말했다.

"내일 고치라고 하지요. 지금은 어두우니까."

"물은 어둡다고 안 새는 게 아닙니다."

사내의 말은 당연했다.

"물이 어디서 어떻게 새는지 어두운데 어떻게 알아요."

어머니의 말도 일리가 있다.

"천장에서 샌다 말입니다. 천장이 아니라면 내가 왜 2층으로 올라왔겠습니까."

사내는 진리를 말했다.

"천장의 어디가 새는지 못 찾는다고요."

어머니는 답답하다는 듯이 말했다. 물론 맞는 말이다.

"하지만 물이 떨어지는 데서 아이들을 재울 수는 없지요. 방에 텐트를 칠 수도 없고."

방은 텐트를 치기에는 좁다. 천장이 있는 방에서 텐트를 치고 잔다는 발상은 흥미롭지만 사내는 그렇게 생각하지 않는다. 그래서 전문가를 초빙하기로 했다. 초빙하는 주체는 어머니이나 초빙 실무를 맡은 사람은 사내였다. 철물점 주인이 왔다. 그는 낮에 일을 많이 해서 피곤하다고, 묻지도 않은 말을 하고 어제는 제정신이 아니었다고 사과했다.

어제 철물점 주인은 자살을 하겠다고 동네 사람들을 위협했다. 누군가 다른 동네의 철물점에서 못을 사왔거나 그가 모르게 보일러 공사를 했기 때문이다. 거기다 그가 일 끝나면 저녁마다 앉곤 하는 구멍가게의 평상에 낯모를 젊은이들이 진을 치고 있었다.

또한 놀랍게도 그의 아내가 밥에 돌 두 개를 섞는 실수를 저질렀다. 섞었는지, 섞인 것인지 알 수 없지만 그는 돌이 제 발로 걸어왔을 리는 없으니 섞었다고 주장했다. 돌은 발이 없다는 것이다. 또 자기는 닭이 아니며 따라서 모래주머니가 없는데도 돌을 먹을 뻔했다는 것이다. 돌과 모래는 다른 것이지만 누구도 그의 앞에서 그렇게 말할 수 없다. 그건 중요하지 않다.

그럼 동네 사람들이 모두 그의 가게에서만 철물을 사야 하는가. 아니면 못질을 할 때마다 그의 허가를 받아야 하는가. 지구상에서 이 동네 사람들이 아닌, 나머지 60억 인류는 그가 앉는 평상에 앉지 말아야 하는가. 그것도 이 논쟁의 중요한 초점은 아니다.

중요한 건 무엇인가. 그가 죽겠다고 동네 사람들을 위협했다는 것이다. 그는 집 앞 전봇대에 올라가 전깃줄로 목을 매든가, 감전사하겠다, 아니면 두 가지를 한꺼번에 보여주겠다고 울부짖었다. 그를 말릴 수 있는 사람은 아무도 없다. 요즘은 파출소에서도 구경 오지 않는다.

그가 어머니에게 사과하는 것은 집과 그의 가게가 마주보고 있고 어머니의 2층 방이 그의 전봇대 소동을 가장 가까이에서, 강제적으로 지켜보아야 하는 위치에 있기 때문이다. 하긴 그즈음 어머니는 자고 있었다니 정말 그가 사과를 해야 하는지는 알 수 없다.

철물점 주인은 아래층 사내의 방에 들어가 물이 얼마나 새는지 관찰했다. 그는 다락에서 물이 흘러나오고 있다고 말했다. 흘러나온다는 말에 충격을 받을 어머니는 아니다. 쏟아진다고 해도 마찬가지다.

"원인이 뭘까요?"

"글쎄, 집이란 그렇지요."

철물점 주인의 말에 의하면 집이란 정말 괴상하고 신비한 것이다.

무너져야 하는데도 무너지지 않는 집이 있고 천년만년 무너지지 않을 집도 하루아침에 넘어간다는 것이다. 거기에 비하면 물이 새는 정도는 아무것도 아니라는 이야기다.

"하지만, 우리 아이들은 잠을 못 잔다니까요."

아래층 사내가 이의를 제기했다. 철물점 주인은 다시, 자기가 옛날에 세를 살 때는 비도 오지 않았는데 사흘 동안 천장에서 물이 폭포처럼 쏟아진 적도 있었다고 했다. 그러므로 다락에서 물이 새는 정도로 자다 익사하는 경우는 없다, 자신은 그때 차라리 배를 한 척 만들까 생각도 해봤다고 덧붙였다. 거기에 모터를 달 것인지, 전통적 방식으로 노를 쓸 것인지도.

"그럼 고칠 수 있다는 거야, 없다는 거야?"

아래층 사내는 화가 난 듯했다. 그는 친한 사이에서나 할 수 있는 말투로 그리 친하다고 할 수 없는 철물점 주인에게 말하고 있었다. 철물점 주인도 그걸 느꼈는지, 아래층 사내를 한번 가볍게 흘겨보고 말했다.

"며칠 있어봐야 안다는 거야. 이 물이 무슨 물인지 모르니까. 고여 있던 빗물일 수도 있고 수도가 새서 그럴 수도 있고 하수도가 고장 나서 그럴 수도 있으니까. 변기에서 새는지도 모르지."

아래층 사내 역시 그리 친하지 않은 철물점 주인이 친한 사이처럼 반말을 하자 화가 났다. 자신이 그랬다는 것은 잊고.

"그런데 기다려봐야 안다고? 똥물이 떨어지는 방에 애들을 재우란 말이야?"

철물점 주인은 그건 자기 탓이 아니라 집 탓이고 아래층에 사는 사람의 불운이라고 말했다.

"그러다가 안 새는 수도 있거든. 도로 말짱해지는 거야. 괜히 뜯었다가 새는 데도 없으면 골치만 아프단 말이야."

이제 어머니가 나설 차례가 되었다. 어머니는 일단 오늘밤은 지내고 보자, 나오는 물은 양동이로 받든지 해서 임시변통하고, 말이 나왔으니 말인데 그게 똥물인지 아닌지 지금 판단하는 것은 성급하다, 수돗물이나 빗물일 수도 있는데, 요즘은 수돗물이나 빗물이나 똥물이나 마찬가지긴 하지만 말이란 아 다르고 어 다른 것이다, 그리고 빗물이나 수돗물이 똥물이 된 건 세상이 다 아는 일인데 그걸 인정하지 않는 것은 수도국 사람들뿐이다, 상수도 담당 공무원이 수돗물은 안 먹고 생수를 먹는다는 소문이 있는데 그게 사실이면 세상이 말세가 된 것이다, 라고 개탄하고 나머지는 내일 밝을 때 이야기하자고 했다. 아래층 사내는 하지만 내일도 물이나 그 외의 이물질이 나오거나 고칠 희망이 없으면 방을 바꾸어주든지 변기를 사용하지 말든지 하라고 버텼다. 어머니는 알았다고 했다.

철물점 주인은 2층으로 올라와 요즘 세입자들은 대단히 건방지고 요구하는 게 많다는 등의 이야기를 하다가 돌아갔다. 아래층 사내는

214

담배를 피우며 밖에 앉아 있다가 외출에서 돌아온 나에게 전말을 이야기해주었다.

다음날은 물이 새지 않았다. 아래층 사내는 그 일로 다시 2층으로 올라오지 않았다. 집을 순환하는 물은 변덕이 심하다는 것을 우리 모두 알게 됐다.

단계

힌두 신화를 원용해 정신의 단계를 설명하겠다. 영혼은 헤아릴 수 없는 기간 동안 선한 카르마業를 쌓은 뒤에야 비로소 인간으로 태어난다. 그때 처음으로 가지게 되는 정신은 감히 인간과 접촉할 수도 없는, 거의 인간이라고 부를 수 없는 저급한 수준이다. 무지하고 무도하며 불순하기까지 하다. 저를 부양하고 저와 비슷한 후손을 낳는 일 외에는 아무짝에도 쓸모가 없는 이 정신이 왜 인간의 얼의 하나로 분류되는지 이상할 정도다. 아니다. 인간은 그만큼 하찮은 것이다.

이 단계에서 천 년을 지나면 정신의 네 단계 가운데 가장 천한 단계에 들게 된다. 자유와 의지에 대해 약간 알고는 있으나 그것을 온

존할 뿐 웅크리고 나아가려 하지 않는다. 이 단계에서 3천 년을 지나면 두번째 단계에 들어갈 수 있다. 경박하고 천방지축 앞뒤를 재지 않는 성향이 있다. 남의 도구가 되기 십상이다. 작은 소유에 집착하며 이에 따라 희로애락이 죽 끓듯 한다. 두번째 단계에서 그다음 단계로 나아가려면 180만 년을 도를 닦으며 기다려야 한다.

세번째 단계에서는 남을 공격하고 지배하는 데 힘을 쏟게 된다. 권력은 대부분 여기서 나온다. 한 걸음 나아가 비로소 정신의 완전한 형태를 갖추는 네번째 단계로 가는 데는 1억 800만 년이 지나야 한다.

그러나 그것만으로 일이 끝나는 것이 아니다. 왜냐하면 네번째 단계에도 여러 등급이 있기 때문이다. 편의상 군인, 정치가, 예술가, 역사가, 사상가로 나누어 설명하겠다. 군인이 정치가가 되는 데는 21억 6천만 년을 기다려야 한다. 그러나 그때에도 겨우 정치가로 한 몫을 할 수 있을 뿐이다. 다시 그 상태로 680억 년을 지나고 나면 가정의 의식과 신성한 제사를 다룰 수 있는 예술가가 된다. 마지막으로 모든 경전과 그 밖의 정신, 역사, 육체의 모든 궤적을 완전하게 통달하기 위해서는 다시 1경 58억 5900만 년을 기다려야 한다. 그리하여 위대한 인간정신이 되는 것이다.

각각의 기간에 끊임없이 선행을 쌓는 것은 물론이고 원망, 분노, 고통, 쾌락을 극복해야만 다음 단계로의 진행이 가능하다. 그렇기

때문에 마지막 단계에 도달한 사람은 오직 사랑으로만 자신을 나타
내며 신보다 위대하다. 그는 이 세상에 나타나는 악순환을 더이상
거듭하지 않아도 된다. 그러나 그 이외의 정신은 자신이 지은 행위
의 결과에 따라 세번째 단계에서 두번째 단계로 강등을 당하기도 하
는 등 각각의 단계를 오르내리는 윤회를 겪게 된다.

경강선

경강선은 철도다. 그러나 사람들은 출발점과 종착점이 경강선과 똑같은 도로도 그렇게 부른다. 이 길의 정확한 명칭은 경강 강안가 도이다. 평지에서는 경강선 철로와 평행하게 달리다가 강을 만나면 산으로 휘어 올라가고 다시 강가와 철로로 돌아오는 자동차도로. 짝사랑에 빠진 소년처럼, 철로와 강에 다가왔다 숨었다 하는 길이다.

경강선 철로는 출발점에서 종착점까지 기차로 두 시간 남짓 걸린다. 그 기차를 타고 출퇴근하는 사람들이 있다. 아침 6시 출발하는 기차는 8시면 서울에 한 떼의 사무원들과 상인들, 학생들을 내려놓곤 한다. 저녁에는 7시 기차가 그들을 다시 실어가기 위해 기다린다. 홍수로 다리가 잠겨 기차가 제때에 출발하지 못한 적이 있었지만 그건 드문 일이다.

이 기차를 타지 않으면 시간을 지키기가 어렵다. 사무원들과 학생들은 지각을 하고 상인들은 비싼 값을 치르고 물건을 사야 한다. 그러므로 기차를 제때에 타는 것은 성실함과 이익에 연결된다. 그리고 때로는 생명과 직결된다.

경강선 기차를 타지 못한 사람들은 또다른 경강선— 자동차도로를 이용해야 한다. 물론 버스가 있다. 그런데 버스는 멀지 않은 과거에 승객 수십 명을 실은 채 강으로 추락한 적이 있다. 한 번이 아니다. 두 번, 세 번, 네 번. 그 숫자도 확실하지 않다. 그저 많다. 경강선을 이용하는 사람들은 그렇게 생각하고 있다. 그리고 가끔 산에서 굴러떨어지는 돌로 길이 막히기도 한다. 때때로 출몰하는 트럭들은 난폭하고 길은 굽고 펴기를 제멋대로 한다. 그러므로 버스를 타는 것은 어리석다. 경강선 종착점에 사는 사람들은 그렇게 믿고 있다.

한때 이 도로를 달리는 택시들이 있었다. 경강선 자동차도로를 한 시간에 주파하는 택시를 사람들은 총알이라 불렀다. 총알택시라고 부르는 사람들이 있었지만 그냥 총알이라고 부르는 사람들이 더 많았다. 그 택시들은 정말 총알이나 다름없었다.

지각을 면하기 위해, 성실성을 훼손하지 않기 위해 사람들은 목숨을 걸었다. 승객 네 사람과 운전사를 태운 총알은 변덕과 열정의 화신과 같은 도로 위를 날다시피 질주했다.

시속 150킬로미터. 때로는 200킬로미터, 최소한 120킬로미터의 속도로 종착점과 출발점 사이를 왕복했다. 한때 기차역 앞은 목숨을 거는 총알로 가득찼고 총알을 타려는 사람들로 북적거렸다.

경강선 종착점 사람들은 말한다. 우리는 총알을 탔었노라고. 그 총알은 시속 200킬로미터로 산과 강을 사랑했다고.

지금 총알은 사라졌다. 경강선을 달리던 총알들은 낭떠러지에서 추락했거나 강으로 들어갔다. 총알을 탄 사람들은 자신의 목숨과 성실성을 정말로 맞바꾸었던 것이다.

그들은 죽지 않았다면 강의 물고기가 되었을 것이다. 어쨌든 아직까지 돌아오지 않았다.

종착점 사람들은 가끔 총알을 그리워한다. 기차를 놓칠 때마다, 늦은 밤 기차역 근처의 여관에서 이를 갈며. 그러나 한번 쏜 총알은 돌아오지 않는 법이다.

사족. 차량 정비를 하는 친구가 내게 말했다.

"난 음주운전으로 죽을둥살둥 모르고 가속페달을 밟다가 사고가 난 차를 가지고 온 사람들이 무슨 말을 하는 걸 들은 적이 없어. 죽은 사람은 말이 없는 법이니까."

논

이 마을 사람들은 그의 비밀스러운 직업을 안다. 누구나 그와 같은 부업을 가지고 싶어한다. 아무나 그렇게 되는 것은 아니지만.

다른 농부처럼 그도 논이 있다. 다른 논처럼 그의 논도 봄이 오면 갈아엎는다. 민들레가 피면 물을 채우고 진달래가 질 때에 모를 심는다. 다른 논과 똑같다. 그러면서 그의 비밀스러운 일이 시작되기도 한다.

그의 논은 읍내로 들어가는 지방도로 옆에 있다. 도로는 포장이 잘되어 있지만 굴곡이 심하다. 그 논은 갑자기 굽은 길 아래에 있다. 밤이면 차들이 속력을 낸다. 곧게 뻗은 길이 계속되다가 갑자기 휘청, 길이 굽는다. 물론 주의하라는 표지판이 있다. 하나가 아니다. 두

번, 세 번을 경고한다. 굽은 길이다. 조심하라.

그런데도 가끔 차들이 그의 논에 빠진다. 빠진다고 해도 큰 사고가 나는 것은 아니다. 길을 벗어난 차는 일단 공중을 날아 그의 논의 영공을 침범한다. 이어 중력이 이끄는 대로 지상으로 자유 낙하한다. 풍덩, 소리가 날 수도 있고 털썩, 소리를 낼 수도 있다.

그는 천천히 떨어진 차에 다가가 승객과 운전자의 안전을 확인한다. 대부분 그들은 멍한 표정을 짓고 있게 마련이다. 그는 큰 사고가 아니라서 다행이라고 말하고 논에서 차를 끌어내리면, 하여튼 그들은 갈 길이 남았으니까, 견인차가 필요할 것이라고 말한다. 그리고 자신의 집에 전화번호가 있으며 연락을 해줄 수 있다고 제의하고 그렇게 해줄까, 묻는다. 그들은 그의 친절에 감사하며 그렇게 해달라고 부탁한다. 그는 집으로 돌아와서 전화를 건다. 그사이 운전자와 승객도 논 밖으로 나온다. 재수없는 저녁이라고 한탄하고 젖은 구두에서 흙탕물을 떨어뜨리며. 그러면서도 논에 빠진 게 다행이다, 물과 진흙과 벼의 탄력이 충격을 완화해주었다, 벼랑이었다면 어쩔 뻔했는가, 하면서 서로를 위로한다.

그는 그들에게 다가가 견인차가 올 것이며 견인차에 견인비용을 지불해야 한다고 안내해준다. 그리고 그들의 차가 빠진 논이 자신의 논이며 논을 원상대로 복구할 필요가 있다는 것을 암시한다. 그리고 협상을 시작한다. 자신의 논에 들어간 땀의 대가에 대해, 추수할 경우 예상되는 수확량, 정신적인 충격, 그 밖의 모든 것. 계산서는 이미 준비되어 있다. 운전자와 승객은 그 돈을 물어주기로 한다. 그러기 전에는 차를 논에서 빼낼 수가 없기 때문에.

견인차가 와서 빠진 차를 들어올리며 서 있던 모를 넘어뜨린다. 그는 거기에 대해서도 배상을 요구한다. 운전자는 동의하지 않을 수 없다. 그들이 거부할 경우, 거기에 대응하여 법을 집행할 경찰서가 멀지 않은 까닭이다.

그는 돈을 세며 집으로 간다. 이튿날, 그는 그 돈의 일부를 투자해서 모를 일으켜세우고 아주 망가진 곳은 다른 논의 모로 보충한다. 그동안 견인차 회사에서 그에게 와서 일정액의 수수료를 지불한다. 다음에도 우리 회사 차를 이용해달라는 당부와 함께.

똑같은 장소에서 똑같은 사람에게 두 번 같은 일을 당한 어떤 운전자가 내게 그 이야기를 해주었다. 그래도 별수없기는 마찬가지였다고.

그 농부가 가을에 그 벼를 수확하는지 궁금하다. 가능하면 그는 벼를 논에 오래 세워둔다고 들었다. 서리 내리는 겨울에도 홀로 무성한 그의 논의 벼, 다 자란 벼의 탄력이, 어찌된 영문인지 일주일에 한두 번은 꼭 떨어지는 차에 탄 사람들이 다치는 것을 막아주기 때문이다.

모래밭

나는 이 이야기를 스무 살 때 들었다. 이야기를 해준 사람은 어느 책에 나와 있다고 했는데 아무리 해도 그 책을 찾을 수 없었다. 그 책은 원래 없었는지도 모른다.

그때에는 자신의 이야기와 견해를 남이 잘 모르는, 발음하기 힘든 외국인 권위자의 것이라고 우기는 경우가 있었다. 또한 겸손하게도 자신의 연구 성과는 이미 외국의 누군가가 이뤄놓은 것이라고, 자신은 그의 업적을 빌린 것에 불과하다고 양보하는 사람도 있었다.

혹시 다음과 같은 이야기를 책에서 본 사람은 말씀해주시기 바란다. 그 지방에 가본 사람이라면 당연히 내게 말을 해줘야 한다.

그 지방은 산으로 둘러싸여 있다. 출구가 없고 입구도 없다. 그 지방에서 태어난 사람은 모두 그 지방에서 죽는다고 알려져 있다. 사람들은 변두리에서 태어나 차츰 안쪽으로 밀려들어가 최후에는 가장 안쪽에서 죽게 된다고 한다. 그들은 바깥세계에 대해서 알지 못한다. 바깥세상에 대해 말하는 것도 금기다.

남처럼 변두리에서 태어난 한 사람이 있었다. 그는 남들처럼 죽기 위해 안쪽으로 밀려들어가다가 어느 날 뭔가 좀 이상하다고 생각하게 되었다. 왜 산과 하늘밖에 없는가. 살거나 죽는 일밖에 없는가. 그것밖에는 아무것도 할 수 없는가. 왜 출구가 없는가. 왜 아무도 오지 않는가. 입구가 없기 때문에 당연한 일이라고 한다. 왜 당연한가.

그는 안으로 들어가는 대신 밖으로 가기로 했다. 그래서 산으로 갔다. 산에는 '입산금지' 팻말이 붙어 있었다. 그는 팻말을 거꾸로 돌려 '지금 산으로 들어감'이라는 뜻으로 바꿔놓았다.

산에 올라서자 바다가 보였다. 바다다! 그는 바다라는 말을 몰랐지만 그게 바다인 줄은 알았다. 그는 잠깐 자신이 태어난 곳을 돌아보았다. 커다란 주름이 잡히듯이 천천히 안으로 밀려가는 사람들이 보였다. 그는 다시는 그곳을 생각하지 않기로 했다. 돌아가지도 않겠다고 결심했다.

그는 공처럼 산을 굴러내려갔다. 몸 어딘가가 긁히고 부딪히고 깎였지만 상관하지 않았다. 이윽고 그는 바다에 이르렀다. 파도가 밀려오고 밀려갔다. 그는 두 손을 번쩍 치켜들기도 하고 춤을 추기도 했다.

바다, 바다, 바다, 바다, 바다, 바다.

숨을 헐떡거리며 바닷가를 뛰고 뒹굴기도 했다. 파도는 밀려오고 밀려갔다.

파도가 밀려와 그의 구두를 적셨다. 그의 양말을 적시고 발목을 덮쳤다. 문득, 그의 몸은 가벼워졌고 또한 무거워졌다. 발목 아래가 모래로 변했던 것이다. 파도는 그의 발목과 함께 밀려갔다.

다시 파도가 밀려왔다. 그의 무릎 아래가 모래로 변했다. 그는 꿇어앉은 것처럼 보였으나 이미 무릎이 없었다.

그는 물끄러미 바다를 바라보고 있었다. 파도가 밀려와 그의 배를 적시자 그는 모래밭에 파묻힌 사람처럼 보였다. 그의 가슴이 모래로 변했다.

마지막 숨을 쉬기 전, 그는 한 가지 사실을 깨달았다. 이 모래밭은 자신처럼 산에서 뛰어내려온 사람들이 만든 것이라고.

그는 모래로 변해 모래밭에 섞였다. 파도는 밀려오고 밀려갔다.

지방색 2

고원

그 지방으로 가는 길은 하나뿐이다. 깎아지른 벼랑을 통과해야 한다. 수백 미터를 기어오르는 좁은 길이라 내려오는 사람과 올라가는 사람이 서로 소리쳐 신호한 다음 오르거나 내려올 수 있다. 길은 그리 위험하지 않다. 달팽이집처럼 빙글빙글 돌아 몇 시간을 올라갈 뿐이다. 마지막 관문은 아주 좁아 두 사람이 어깨를 맞대고 겨우 건널 수 있으나 그곳을 넘어서기만 하면 광활한 고원이 나온다.

구름과 노을, 안개, 사철 피는 꽃, 햇빛, 어느 것도 모자라거나 남지 않는다. 두 가지만 빼놓고는 모든 것이 균형 잡힌 자급자족이다. 하나는 모자라고 하나는 너무 많다. 모자라는 건 소다.

소는 이 지방에서 태어날 수 없다. 암소가 새끼를 낳지 못한다. 새

228

끼를 밴다 해도 사산한다. 이 지방 사람들은 그것이 이 지방에서만 자라는 풀에서 피어나는 꽃 때문이라고 믿고 있다.

그 꽃은 너무 많다. 아름다운 분홍빛 꽃잎은 독한 향내가 난다. 풀은 억센 줄기와 두꺼운 잎으로 햇빛과 비옥한 거름을 빨아들여 꽃을 피우고 일단 씨가 맺히면 바람을 타고 사방으로 퍼진다. 씨는 땅에 떨어지는 순간 땅으로 파고들면서 연초록 떡잎을 내놓는다. 곧 새싹은 무서운 속도로 자라기 시작하고 몇 주 되기도 전에 꽃망울을 맺기 시작한다.

이 풀의 꽃이나 떡잎, 새싹, 잎사귀, 줄기는 다른 가축이 먹지 못한다. 오직 소만 먹는다. 소가 없으면 도저히 이 풀을 감당할 수 없다. 예컨대 염소나 양, 낙타, 기린, 코끼리, 다 소용없다.

소가 없다면 이 지방의 어떤 식물보다 생명력이 강한 이 풀과 꽃을 매일 베고 불태워야 온 지방이 풀로 덮이는 환란을 면할 수 있다. 소는 이 풀만 먹고도 우유와 고기, 힘을 사람들에게 나누어 준다.

이 지방에서 소는 세상 다른 곳, 이를테면 힌두교 신자들 사이에서처럼 신성시되지는 않는다. 이 지방의 소들은 송아지 때 벼랑을 건너온 공통적인 경험을 가지고 있다. 그 기억만 뺀다면 소들에게는 이 지방이 천국이나 다름없다.

소를 잡는 날은 온 마을이 울음바다가 된다. 소는 해체되어 이 지방 사람들 몸의 일부가 되거나 다른 지방으로 운반된다. 고기를 다른 지방에 보내는 것은 또다른 송아지를 가지고 오기 위해서다.

요컨대 이 지방의 소는 송아지 때 사람의 지게에 얹혀 갔다가 다 자란 뒤에는 고기로 나뉘어 내려온다. '꽃소'라고 불리는 그 고기는 맛이 대단히 뛰어나다고 하는데 나는 아직 먹어보지 못했다.

물

그 지방은 물이 귀하다. 사람들은 오래 살지 못한다. 자라는 데도 다른 곳보다 더 많은 시간이 필요하다. 한 아이가 어른이 되기까지는 30년이 걸린다. 모든 아이가 어른이 되는 것은 아니다. 한 아이가 시험을 거친다.

아침, 그는 여느 때보다 약간 일찍 일어난다. 이때부터 그의 모든 행동은 관찰되고 평가된다. 그는 그 지방에 단 하나밖에 없는 우물에서 몸을 씻는 것이 허용된다. 그 지방에 단 하나밖에 없는 사람으로서 자신에 대해 책임을 진다는 표시로 몸 씻은 물을 마시는 것도 허락받는다. 식사 뒤, 그는 마을 원로들이 지켜보는 가운데 세 가지 시험을 받는다. 그는 하늘과 물을 구별하고, 흙과 물, 사람과 물을 구별해낸다. 두번째로 그는 수많은 물동이 가운데 자신의 물동이를 구별해낸다. 또 거기에 한 방울도 흘리지 않고 물을 채워넣고 그 물을 다시 온 곳으로 돌려보낸다. 세번째 시험은 수십 년간 이 날을 위해 외운 주문을 외는 일이다.

"우우움우으암."(물이 왜 흐려지는가.)

"이이임루리고움. 호오암구라나오오온우그우홈."(다른 것이 섞이기 때문이나이다. 마음에 바람이 섞이면 마음이되 불순한 것과 같나이다.)

"하아누그링링."(어떻게 맑게 하는가.)

"비온비온우우흐하하하이무르가움, 오오오오리다이잇다이바이바붐붐."(무거운 것이 섞여 있을 때는 가라앉도록 기다리고 가벼운 것이 섞이면 입김으로 불어내나이다.)

이때 한 손은 머리 위로 들어 반원을 그리고 한 손은 배에 댄 채 깡충깡충 뛴다.

"비비이오하비비기룸마."(무엇을, 그것으로 무엇을 하는가.)

"라다아즈리아리오이에저에고우고룸룸."(목마름을 풀고 씻어 물의 사람답게 되고자 하나이다.)

마지막으로 고개를 깊이 숙이고 손을 모은 다음 뜻 없는 맺음말 '땀띠땀띠'를 외는 것으로 그는 고대로부터의 기나긴 주문을 외는 난관을 벗어난다. 이윽고 침묵 속에 식사가 차려지고 침묵 속에 끝

232

난다.

오후에 그는 길을 떠난다. 저녁이 올 때까지 그는 다른 지방 사람들이 물에 대해 얼마나 교만하고 무엄하고 무지한지 알게 된다. 노을이 부서질 때 그는 돌아온다. 지친 몸을 쉴 틈도 없이 그는 수장으로부터 마지막 시험을 받아야 한다.

"물은 무엇인가?"

그는 담담히 깨달은 바를 말한다.

"우리의 마음이올시다."

수장은 틈을 주지 않고 다그친다.

"그 마음이란 무엇인가?"

그는 망설인다. 그의 부모와 친척이 안타까운 눈으로 지켜보고 있다. 그는 추방당할 수도 있다. 물이 흔한 곳에서 살아야 할지도 모른다.

"마음은 물이 고이는 자리, 의지의 샘입니다."

그는 성공한다. 수장의 얼굴에 미소가 번진다. 아이들에게서 선망의 눈길이 쏟아진다. 성인들은 부드러운 미소로 그를 응원한다. 마지막으로 수장은 묻는다.

"물은 왜 있는가?"

"우리가 여기 모여 있기 때문이지요."

환호성이 터진다. 그는 감격의 눈물을 흘린다. 수장이 그의 손을 들어올리고 친척들이 그를 무동 태운다. 모두 그를 껴안으려고 다가온다. 그도 닿는 사람 모두에게 사랑한다고 말한다.

잔치가 벌어진다. 그는 이전부터 사랑해온 여인이 있음을 수줍게 고백한다. 다시 감탄과 축복이 쏟아진다. 노래와 춤으로 밤이 이슥하도록 즐거움은 계속된다.

그 지방은 물이 귀하다. 사람들은 오래 살지 못한다. 물은 언제까지고 남아 있다.

정체

차는 밀리고 밀리다가 어느 순간 멈추고 나아가지를 않는다. 그는 기다린다. 기다리고 기다리고 기다리고 기다리다가 차에서 내린다. 도로 위에 사람들이 나와 있다. 늘 있는 일이니까 서두를 필요는 없다. 여느 초저녁처럼 바람이 불고 바람에 나뭇잎이 흔들리지 않는가.

"도대체 얼마나 밀렸는지 누가 알겠습니까. 길에 차가 너무 많아요."

한 사내가 말을 건넨다. 그는 고개를 끄덕인다. 차가 많아진 지는 오래되었다. 그러고 보면 밀린 지도 오래되었다. 어제오늘의 일이 아니다. 자연히 밀리는 것도 오늘내일 정도의 일이 아니다. 어지간

한 길은 걸어다닙시다. 표어가 적힌 현수막이 초저녁 바람에 펄럭거린다. 표어가 나온 지도 오래되었다. 걸어다니는 게 낫다는 것은 누구나 안다. 그렇지만 걸어다니는 사람은 거의 없다. 표어를 만든 사람도 마찬가지고 표어를 붙이고 다니는 사람도 마찬가지고 표어를 보며 지나가는 사람도 마찬가지다.

걸어다니는 대신 차 안에서 기다리면 된다. 기다리는 데는 이골이 났다. 누구나 그렇다. 이 도시에서는. 오늘은 좀 다른가. 꽉 밀렸다. 막혔다. 어제와 같다. 내일도 같을 것이다.

뚫린 길을 씽씽 달리는 것은 위험하다. 이 도시에서 차를 끌고 다니는 사람들은 누구나 그렇게 느낀다. 위험할 뿐 아니라 엉뚱한 일이다. 불안하다.

몇 시간이 지난다. 그는 무슨 일이 일어났는지 앞으로 가보기로 한다. 가도 가도 차가 움직이는 기색이 없다. 서늘한 바람이 분다. 차들은 붉은 정지등을 켠 채 2열로 길을 가득 메우고 있다. 500미터쯤 가서 그는 멈춘다. 한 사내가 자신처럼 앞으로 가보고 돌아오는 길이다. 그는 사내에게 말을 건넨다.

"얼마나 밀렸습니까?"

사내는 고개를 젓는다.

"모르겠어요. 한 500미터쯤 가니까 앞을 보고 오는 사람이 있더라고요. 물어보니 그 500미터 앞도 마찬가지랍니다. 그 사람도 거기에서 한 사람을 만났는데 그 사람도 500미터 앞이 마찬가지라고 했답니다. 그리고 그 사람도 500미터 앞을 다녀온 사람을 만났는데 막혔다고 하더랍니다. 좌우간 맨 앞에 있는 사람은 2킬로미터 앞이 막혔다고…… 그러니 얼마나 막혔는지 알 수가 없지요."

사내는 땀을 훔친다. 그는 자신의 차로 돌아온다. 누군가 걸어오고 있다. 그를 보고 멈춘다.

"혹시 앞에 가보셨습니까?"

그는 대답한다.

"모르겠어요. 한 500미터쯤 가니까 앞을 보고 오는 사람이 있더라고요. 물어보니 그 500미터 앞도 마찬가지랍니다. 그 사람도 거기에서 한 사람을 만났는데 그 사람도 500미터 앞이 마찬가지라고 했답니다. 그리고 그 사람도 500미터 앞을 다녀온 사람을 만났는데…… 좌우간 맨 앞에 있는 사람 말이 한 2킬로미터는 막혔을 거라고 했답니다. 그러니 얼마나 막혔는지 모르겠습니다."

그는 자신도 모르게 땀을 훔친다. 걸어오던 사람은 걱정스럽게 중얼거린다.

"맨 앞 사람이 제가 아니었으면 좋겠는데요. 사실 몇 시간 전에 누가 물어보기에 2킬로미터 정도 막혔을 거라고 했거든요. 오늘은 좀 심한 것 같아요."

잠자리가 불길하게 날고 있다.

향기

    오래전부터 내려오는 차가 있다. 그 이름은 일일차一日茶다. 이 차를 아침에 한 번 마시면 하루종일 그 향이 입안에서 감돈다.

    이 차를 열흘간 계속 마시면 백 일 동안 그 향기가 몸을 감싼다. 백 일 동안 계속 마시면 천 일 동안 향기가 나는데, 그 차를 마신 사람이 남자라면 여자가 줄을 지어 그를 따르고 여자라면 여자가 줄을 이어 따른다. 남자를 따르는 여자는 그 향기를 뿜는 사내를 사모하는 것이다. 여자를 따르는 여자는 도대체 무슨 차를 마셨기에, 또는 무엇으로 단장을 했기에 그리 좋은 향기가 나나 물어보기 위해서다.

    천 일 동안 계속 마시면 어떻게 되는가. 그가 죽을 때까지 그 향기는 그의 몸을 떠나지 않는다. 늙든, 병들든, 벼락을 맞든, 풍랑에 휩

쏠려 가든 여하간 죽을 때까지 그의 뒤를 따르는 사람들을 참아야 하는 것이다.

일리향이라는 꽃이 있다. 이 꽃은 한 번 피면 일 리―로 사방에 그 향기를 퍼뜨려 벌과 나비를 불러모은다. 십리향이라는 꽃은 십 리 사방에 향기를 뿜는다. 백리향은 백 리 사방에 향기를 선물한다. 천리향은 천 리 사방에 향기의 입자가 미친다. 일리향과 십리향이 함께 피면, 일리향과 십리향의 영향권 안에 있는 사람은 어느 향기를 맡을 것인가.

일리향이 열흘 동안 지지 않으면 십리향이 된다. 십리향이 나머지 구십 일 동안 계속 피어야 그 향기가 백 리 사방에 미치는 것이다. 천 일 동안 핀 일리향은 아직 본 사람이 없다. 일리향은 천 년에 한 번 꽃이 피고 하루 피어 있기도 힘들다.* 오래된 책에 나와 있을 뿐으로 그 책을 본 사람도 극히 적은 것이다. 더구나 책에서 향기를 맡았을 것인가.

---

* 세쿼이아는 200년이 지나야 첫번째 꽃이 핀다. 지상에 피는 꽃 가운데 90퍼센트는 냄새가 더럽거나 아예 나지 않는다.

낮도깨비

말파리는 일 분에 20킬로미터, 시속 1200킬로미터의 속력을 낼 수 있다. 사람의 눈에 보이지 않지만 분명히 존재한다.

타키온이라는 입자는 빛의 속도를 초월한다. 따라서 사람의 눈에는 보이지 않으나 일부 물리학자들은 그게 있다고 주장한다.

그러나 내가 이야기하려는 존재는 도깨비끼리도 모른다고 한다. 하물며 산 사람에게 나타날 리 있겠는가. 보이지 않고 만져지지 않고 냄새도 없고 자취도 없다. 맛이 없으며 다른 귀신, 이족異族, 괴물과 사귄다는 말도 없다. 사람을 홀리거나 장난을 하는 것도 아니다. 부러 숨어서 자족하거나 한 나라를 일으키거나 망가뜨리는 것도 아니다. 그러니 오래된 책에서도 보이지 않는 것이다. 요즘이야 그 누구도 관심이 없고 알 리도 없고 어디에 흔적조차 없다.

다만 그런 귀신 도깨비 알아서 어디에 쓰느냐고 물어볼 사람을 위해 적어둔다.

향수

 형. 저예요. 놀랐죠. 여기요? 신촌이에요. 캠퍼스 다방 밑 일정 서점. 소리가 멀다고요. 전화기가 나쁜가봐요. 오랜만이죠? 들어온 지 일주일쯤 됐어요. 미국, 좋아요. 제가 부지런한 만큼 먹고살 수가 있으니까요. 그래요. 부지런해졌어요. 트럭을 몰아요. 하이웨이로 도시와 도시를 왕복하는 거죠. 보통 며칠씩 달려요. 동에서 서로, 서에서 동으로. 전화 오래 써도 괜찮아요. 제 친구가 하는 서점인데요. 결혼했어요. 아니, 같이 나온 건 아니에요. 저보다 다섯 살이나 많은 여자지요. 일을 해요. 바쁘지요. 아무래도…… 아니라고요? 서점이 없어진 지 오래됐다고요……

 들켰네, 네, 뉴욕이에요. 제 아파트먼트요. 고물이죠. 옛날식 엘리

베이터, 〈파리에서의 마지막 탱고〉에 나오는 것 같은 구식 엘리베이터 있지요, 형, 27층이에요. 생각해봐요. 밑을 보면 까마득하지요. 오랜만에 쉬고 있어요. 아이는 없어요. 아니요, 생각도 없어요. 조금만 나가면 할렘이에요. 아주 가까워요. 가끔 총소리도 들리죠. 뱅뱅, 하고. 지나가다보면 무너져가는 빌딩에서 손이 쑥 나와요. 코카인 같은 걸 사라는 거죠. 잘못하면, 뱅뱅. 그걸로 끝이죠.

뭘 하느냐고요. 음, 지금 비디오를 보고 있어요. 햄버거를 먹으면서요. 예, 크죠. 형은 깜짝 놀랄걸. 그걸 어떻게 한입에 먹는지 시범을 보여주고 싶은데. 내가 입이 원래 크잖아. 비디오를 두 개 걸어놓고 이쪽도 보고 저쪽도 보고. 하나는 액션물이죠. 형사가 미친개 잡듯이 갱스터를 죽이는 거. 하나는 최신작인데 오스카상 먹은 거죠. 멜로, 형이 제일 싫어하는 멜로. 그래도 상 받은 게 재미있어요. 상을 받았다는 선입관 때문이 아니라 어딘지 제가 한국에 있을 때를 생각나게 해요. 어떤 장면이 아니라 분위기가 그렇다는 거죠.

한국에? 당분간 갈 수 없어요. 돈이 없잖아요. 비행기표 좀 보내줘. 주소는, 잠깐만, 적으세요. 투에니 콤마, 웨인 힐 스퀘어 한 줄 밑에 엔이더블유, 안다고요? 일이삼사오, 유 피리어드 에스 피리어드 에이 피리어드. 정말 보낼 생각은 아니죠. 나도 알아요. 아, 괜찮아요. 여긴 지금 심야통화거든요. 그렇게 비싸지는 않아요. 나도 이제 여유가 좀 생겼다는 거죠.

총소리요. 비디오에서 나는 소리예요. 비가 오는데요. 하드 레인
이군요. 발음이 좋아졌다고요. 난 원래 좋았잖아. 형, 난 맥주를 마시
고 있었어요. 그런데 형 생각이 났지. 사실, 난 형을 좋아하지 않았어
요. 미안해요. 알고 있었죠? 그런데 지금은 보고 싶어요. 보고 싶어
미치겠어요. 비가 무지하게 오네. 무지무지무지무지…… 그래 다 죽
여라, 죽여. 아일 킬 유! 아니요, 형, 비디오 보고 한 소리예요.

집에 들어오다가 종소리를 들었어요. 갑자기 눈물이 나더라고요.
문을 닫는데 갑자기 눈물이 쏟아지고. 왜 맑은 하늘에서 비 떨어지
는 거 있잖아. 이유도 없이, 그냥요. 앞집 애들이 사과를 깎아 먹고
있던데 그걸 보고도 눈물. 한국어 방송을 들으면서 또 눈물. 무슨 핑
계든 눈물이 쏟아지는 거예요. 우산에 물 새는 것처럼. 형, 알아요?
이런 적 있어? 비가 오니까 또 눈물이 나요. 눈물이 막 쏟아져요. 비
처럼 흘러요. 웃기죠? 하하, 웃겨요.

형, 난 지쳤어. 너무 힘들어. 못살겠어. 항상 총을 가지고 다녀요.
아까부터 총을 만지고 있었어. 저기 있어요. 콜라 옆에. 머리를 쏘고
싶은 적이 한두 번이 아니었어요. 입에 물고 뱅뱅. 그럼 바이바이겠
죠. 다 그만두고 싶어. 숨도 그만 쉬고 싶고. 참으라고? 뭘?

새를 길렀어. 그러다가 한꺼번에 다 죽여버렸어. 한 마리씩 총으
로. 소리 안 나게 베개를 대고 갈겼지. 새만 죽은 거지. 내가 날 못 죽
이니까, 그럴 이유도 없는데 또 딱 죽을 이유도 없는 거고, 그래서

244

애꿎은 새가 죽은 거야. 눈알이 큰 놈들부터 차례로. 이제 안 울어. 안 울어. 새, 없어. 고양이도 개도 비둘기도 앵무새도 없어. 살아 있는 거는 비디오, 전화 그리고 나.

알았어요. 이젠 괜찮아요. 딴생각 안 해요. 정말이에요. 정말, 맹세. 이젠 괜찮아요. 비디오도 끝났고. 눈물도, 비도. 총, 네, 치울게요.

고마워요, 형, 마침 있어줘서.

별 구경

별을 보러 왔다. 거대한 어둠의 옷자락이다. 이 말은 기록하는 것이 좋겠다. 어딘가에 써먹을 일이 있을 것이다. 차의 불을 끄고 얼굴 앞에 손가락을 내밀어본다. 그것이 보이지 않을 정도로 짙은 어둠. 하늘을 본다. 별이다. 나무와 산자락으로 엇비슷이 마름모꼴이 된 하늘에 별이 촘촘히 떴다. 나는 별에 홀린 사람이다. 나는 저 별 가운데 어느 것 하나도 가꾸지 않았고 만들지 않았고 남들이 오래전부터 지어 부르는 이름이 뭔지도 모른다. 홀렸다. 다만 홀렸다.

계곡 건너편에 번쩍이는 불빛. 뭘까. 주차장 구석에 놓인 자동판매기 같다. 잠깐이라도 전기를 빼고 싶다. 심산 고찰 아래의 다리. 다리 아래를 흐르는 물, 법法의 인기척. 놀란다. 자동판매기 옆에서 수건을 목에 건 채 일어나는 저건? 머리카락이 없는 존재. 중, 스님, 승려, 비구, 승, 여러 이름으로 불리는 종교집단의 구성원. 그 집합명사에서 풀려나온 머릿수건인가. 혹은?

—어쩨 이리 어둔 데를 다 오셨소?

—아. 예. 별 구경을 하러요. (깜짝이야. 이제까지 내가 별 구경 하는 걸 구경하고 있었단 말이지.)

—별 구경. 별 구경, 좋지요. 어디서 오셨소?

—서울서 왔습니다. 요 아래에 묵고 있는데 저녁 먹고 배가 불러서 한번 와봤습니다. (내가 왜 말이 많아지지? 저녁 먹은 거나 배부른 거까지 이야기할 필요는 없는데.)

—우리가 별을 구경을 한다고 하지만 사실 저 별 어디에선가 우리를 구경하고 있는지도 모르지요.

—네, 그럴 수도 있겠습니다. (그렇지, 이런 분위기라면 누구든, 누구에게나 알쏭달쏭한 이야기를 하고 싶은 충동이 생기는 법이지. 구경하고, 구경하는 것을 서로 구경하고.)

—본다는 것이 우리 인간만 할 수 있는 건 아닐 거요. 휴머노이드라면 다 볼 수 있겠지요. 그러니까 별과 별 사이에서 서로 구경하는 거지요.

—(휴머노이드? 인간과 비슷한 신체구조, 지성을 가진 존재? SF소설을 읽을 시간이 있었나보군.) 그런데 스님은 어쩐 일로 이렇게 어두운

데 계십니까. (수건은 왜 둘렀수?)

—목욕을 하려다가 사람이 있어서 기다리는 참이지요.

—계곡물에도 아래위가 있나봅니다. (상당히 엄격한 계율로 유지되는 절인가보다.)

—아니, 절 안에 목욕탕이 있어요.

—아, 예. (그렇다면 순서가 있어야지.)

—그런데 무슨 생이시오?

—(성을 묻는 걸까. 옛날 사람들처럼 이생, 김생 하는 식으로 성에다 생을 붙여 부른다면 말이지. 아니면 전생, 현생, 내생과 연관해서 선문답을 하자는 것일까. 또 아니면 재수생, 삼수생, 재학생인지를 묻나.) 경자생입니다.

—오, 경자생. (손가락으로 땅에 그림을 그려가며) 내가 사주나 관상을 좀 보지요. 애정관계에 문제가 있을 수도 있겠군. 결혼을 했지요?

—예, 했습니다. (사이비 점쟁이를 만났나보다.)

—부인은 무슨 생이신가.

—뱀띱니다. 보자, 경신임계갑을. 을사생이군요.

—뱀띠는 남의 잘못을 오래 기억하고 나무라기를 잘하지요. 처신도 잘하지만 냉랭한 게 탈이지. 하여간 결혼을 했다니까 다행이오.

—(애써 찾은 을은 쏙 빠졌네. 그럼 쥐띠는 제 먹을 것 찾는 데 악착같

고 소띠는 우직하고 말은 달리기를 잘하나 가끔 콧김을 뿜는 습관도 있고 말이지.) 그럼 제 올해 신수는 어떻게 될까요?

—으음. 새로 서까래를 올리는 해요. 하던 일과는 별도로 다른 일을 한다는 말이지. 무슨 일을 하고 있어요?

—월급쟁입니다(사실 한 달 전에 그만뒀지만). 앞으로 무슨 일을 하면 좋을까요?

—사람들 모으는 일을 하면 좋겠네. 잘 도와주게 되어 있어요.

—(쥐떼들이 말인가.) 스님들께서는 저마다 이런 방면에 조예가 있으신 모양이죠. (조예…… 내가 엉뚱한 말을 쓴 건 아닐까?)

—아니, 절에 있는 사람이라고 다 그런 건 아니고 내가 워낙 (한숨을 쉬며) 그쪽에 일이 있어요. 이 얘기는 내가 죽기 전에 꼭 남겨야 하는데. 세상에는 우리 눈에 보이는 것과 안 보이는 게 있어. 서가모니께서도 윤회를 말씀하셨지만 실제로 허공에는 무수한 차원이 존재한다는 거지. 어떤 차원은 시간을 초월하고 어떤 것은 공간을 초월하지. 그래서 까마득한 저 별에 사는 존재도 바로 눈앞에서 볼 수 있게 되고 보이지 않아도 존재한다는 걸 알게 된다 이 말이오.

—무당이나 천체물리학하고 상관이 있는 건가요, 도깨비 같은.

—난 분명히 본 적이 있어요. 그러니까, 내가 지리산에서 공부를 할 때였는데, 나는 지금도 어디 들어앉아서 책 보고 공부하는 건 잘 못해요. 밖에서 별 보고 자고 이슬 맞는 게 다 공부긴 하지. 한번은

249

텐트를 치고 앉아 있는데 텐트 구석에서 어떤 존재를 느꼈소. 사람이 아니오. 전생에서 온 어떤 것, 내생에 있는 괴물. 나는 알지, 그게 어떤 힘을 가지고 있고 무엇 때문에 거기 왔는지.

— 무서웠겠습니다.

— 내가 중이 된 것도 그것 때문이오. 나도 출가하기 전에 서울에서 살았소. 강남의 아파트…… 그런데 거기에 휴머노이드, 그놈이 있었어요. 방안에 자리를 잡고 나를 노려보는 거요. 눈이 마주칠 때마다 몸이 아파서 참을 수가 없었지요. 어떤 스님이 와서 보시고 진언을 주셨는데, 그때는 물리쳤지만 그뒤로도 몸이 안 좋거나 마음이 약해지면 찾아오곤 하지요. 그래서 출가를 했고.

— 구체적으로는 어떻게 생겼습니까. 휴머노이드라면 사람을 닮았을 텐데.

— 시시각각으로 몸을 바꾸고 형태를 바꾸지. 어떤 때는 짐승으로, 어떤 때는 그냥 어둠으로, 어떤 때는 비행접시 같은 것으로. 한번은 돌아가신 아버님, 한번은 돌아가신 스승님의 얼굴로 공중에서 온 적이 있었소. 그때는 정말 위험했지.

— 왜 왔다고 하던가요.

— 미래에 대해 이야기했소. 인류가 멸망하고 난 한참 뒤의 일까지.

— 지리산에서 말이지요.

250

―내가 머리를 깎은 곳은 부산이오. 공부를 못했어. 머리 나쁘면 책이라도 읽어야 하는데 책을 읽으려고 하면 윗분들이 자꾸 하지 말라는 거요. 그래서 대판 싸우고 마산으로 갔지. 거기서 일 년, 그리고 스승님 따라 지리산으로 왔지. 지리산에서 정식으로 출가를 해서 계를 받았고, 여기서 비행접시를 보고. 아 참, 연초 있으시오?

―담배 말입니까?

―음, 가끔 한 대 피우면 심신이 평안해지거든. 고맙소. 난 여기서는 그냥 놀아요. 나는 체질상 놀다보면 뭐가 되는 것 같아. 나에게 뭐라는 사람도 없소. 말썽 부리는 것도 아니고 뭘 해달라고 조르지도 않고, 그저 내키면 훌쩍 산속으로 들어가서 며칠씩 있다 오고. 어디까지 했더라.

―여기서 비행접시를 보았다고 하셨지요.

―그랬지. 밤에 자는데 누가 자꾸 부르는 거요. 나가보니 꼭 접시 같은 것이 빙글빙글, 아아, 아주 빠르게 돌면서 텐트 위 큰 나무 위를 날고 있었소.

―아하. (그러니까 비행접시지.)

―갑자기 그게 스승님의 얼굴로 변했소. 아버지로도. 조카의 목소리도 냈소. 너무 무서웠소. 하지만 나는 알고 있었소. 정체가 뭔지.

―그게 뭡니까.

―비행접시. 휴머노이드가 타고 있었지.

—왜 지구에 왔다고 합니까.

—인류가 멸망할 거라고 경고하러 왔소. 아, 한 대만 더.

—(인류가 멸망한다는데 담배가 문제랴.) 커피도 드시렵니까.

—커피는 말고, 저기 뭐 음료수 같은 건 없는지.

—저도 목이 마른데요. (그런데 동전이 모자라잖아. 하나밖에 못 빼 겠는데.)

—이거 혼자 마셔도 되겠지.

—(식복은 타고난 얼굴이군.) 그 휴머노이드는 어떻게 생겼습니까.

—내가 수선사에 있을 때요. 한번은 스승님 심부름으로 아랫마을 에 다녀오는데 끈 같은 게 계속 발치를 따라왔소. 그러다가 나무 아 래를 지나는데 나무에 목을 맬 때 쓰는 것처럼 매듭이 져서 걸리기 도 했소. 잘못 보면 누가 내버린 끈처럼 보이겠지만 내 눈은 틀림없 지. 절 문까지 따라오다가 끈이 없어졌는데.

—안 무서웠습니까.

—무섭지 않았어!

—(깜짝이야.) 네네.

—내가 방에 들어가니까 그게 앉아 있었소.

—끈이요? (끈이야 어디나 다 있으니까.)

—아니, 평생 한 번도 보지 못한 이상하게 생긴 괴물. 끔찍했지.

—어땠는데요.

一눈만 반짝반짝했어. 그 외에는 일절 없는 거지. 그 눈만 징그럽게 크고 눈 주변은 새까맣지. 어둠 속에서 어둠보다 더 어두운 얼굴, 보이지 않는 얼굴. 그리고 눈.

　一(기억해둬야겠군. 어둠보다 더 어두운 얼굴.) 왜 왔다고 하던가요.

　一눈밖에 없는데 어떻게 말을 해!

　一(그건 그러네.) 그래서 어떻게 했습니까.

　一서로 노려보면서 새벽이 올 때까지 버텼지.

　一누굴 부르시지요.

　一부르면 온 사람이 죽어.

　一그렇게 이야기하던가요.

　一말을 못한다고 했잖아!

　一(아니, 이 양반이 언제부터 반말에 소리까지 지르네, 좌우간.) 그런데 사람을 불러오면 그 사람이 죽는다는 걸 어떻게 알았습니까.

　一그건 엄청난 죄악이지, 죄악 그 자체. 그걸 그냥 놔주면 죄 없는 사람들이 엄청난 죄를 짓고 엄청나게 죽게 돼.

　一(계속 엄청나구나.) 그런 줄은 어떻게 알았습니까.

　一내 직관이야.

　一그리고 나서는 어떻게 했나요.

　一가버렸어. 그때부터 나는 사흘을 앓아누웠어. 열이 43도까지 나고 스승님도 알아보지 못했어. 그런데 그놈이 또 왔어. 저거 보라고, 저거 보라고 내가 고함을 쳐도, 다른 사람들은 알아보질 못해. 저놈을 잡아야 되는데, 되는데 하다가 열 번도 더 까무러쳤지. 그다음에도 몇 번 더 나타났어. 어떤 때는 물에서도 나오고 길을 가면 짐승으로 변해서 나타나기도 하고.

—(절에 가면 기와로 나타나고 바다에서는 파도로 산에서는 봉우리로 인파 속에서는 사람으로, 인천 앞바다에서는 사이다로?)

—이 이야기를 누구에겐가 하고 가야 할 텐데. 내가 도무지 글재주가 없어서. 담배.

—여기 있습니다. (가야지.)

—하여간 저 세상에서 엄청난 것들이 시도 때도 없이 지구로 날아오고 있어요. 그걸 우리 지구인이 알아야 하는데. 내 눈에는 지금도 공중에서 떠다니는 것들이 보여. 저건 졸개들이지. 꽉 찼어.

—(모기가?) 허공에 말이지요.

—직업이 뭐라고 하셨던가.

—평범한 월급쟁입니다.

—아, 이 이야기를 꼭 책으로 남겨야 하는데. 알려줘야 하는데. 사람들은 너무도 몰라. 너무 몰라. 몰라, 담배.

—여기 있습니다. (다 털리기 전에 일어서야지.)

그가 스님이었을 거라고는 믿어지지 않는다. 내가 휴머노이드를 만난 게 아닐까. 나중에, 어쨌든 나는 그 대화를 이야기로 남기기로 했다. 지금 기억의 파편을 연결하고 있다. 마지막으로 별은 어두운 곳일수록 밝게 보인다는 기억을 찾아낸다. 이제 더 연결할 수가 없다. 파편만 남아 있다. 어떤 것은 희미하게 반짝인다.

구름처럼 산돼지처럼

총각. 어데 가여, 이래 더분데. 쾌재정? 거는 머알라고? 뻐스는 하매 끊어졌어. 내가 막차를 탔는거를. 차를 가자았다고? 요새는 오만 차들이 여게까지 들어온다 칸께네. 그런데 총각은 우희 아바이를 똑 닮은 겉네. 이마가 훤한 기 눈도 크나끔하고. 우희 아바이를 모르는 가. 정말 몰라여? 여 근방에서는 마카 아는데, 방깐 하던 사람, 조게 방깐 하던 자린데, 몰라여?

우희 아바이가 날이 이키 오늘만창 더운데 나를 찾아와서 아즈마 이요, 물 좀 주소 카대. 그래 한 사발 물을 퍼준께, 우리집에 샘이 그 키 깊었거든, 퍼준께 한입에 죽 마시고 날 한분 참 덥네 이카고는 나 가더라고. 그전 앞세 우희 이미는 머리에 뭘 이었는지 밭에서 동강

동강 걸어오고, 냇가에 아아들이 괴기를 잡는다 캐싸서 시꾸룹다고 누가 소리를 지르닌가, 우찌닌가. 한쪽 하늘이 뻘건 기, 불이야, 왜 불이 났닌가 하만 우희 아바이가 낫에다 불붙은 난닝구를 걸고 나무 싸논 데 불을 질러서, 머 때매 불을 질렀을꼬.

총각은 상이 참 좋네. 똑 젊을 쩨 우희 아바이 겉네. 그런데 앞이 빨이 벌어져서 복이 다 나가겠구마. 꼭 고치소. 내사 나가 들어서 이 빨이 다 안 빠졌는가. 백지 생사람한테 그카네. 할마씨 딜고 놀리만 못써여. 총각이 아이라고? 그럼 아가 있어? 및 살? 니 살. 흠, 우희가 하매 마흔은 됐겠네. 하이구, 지작년에 장가를 안 갔는가. 다 늙어서 저 너머 베미기서 우째 색시라고 딜고 왔는데 미칠 있는가 싶더이 가뿌렸어. 색싯집에 머심 살러 간 기지.

그랜께 우희 아바이가 작은집을 봤다고 장모가 쫓아낸다 캐서, 우희 아바이가 본래 뭐 있나, 빤쑤 하나만 입고 장개를 들었지, 장인 될 사람이 잘 봐가이고 사람 보고 보낸다 카민서 사우를 삼았네, 기양 구름겉이 산돼지겉이 돌아댕기다가 우리 동네까정 왔거든, 잘생깄지, 생기기사, 허연 얼굴에 남 싫은 소리도 못하고 새깅을 열 가마이 받을 기를 여덟 가마이만 받아도 다 돌라 카도 모하는 용해빠진 기, 새북부터 구루마를 끌고 읍내까정 가가이고 읍내 집집이 통시똥을 퍼와가이고 고치밭에 무밭에 다 뿌리고 아침을 묵고 한 사람이라, 싫다 소리도 모하고, 맨날 중우에 똥이 묻어도 우째 인물은 훤한

기 박속 겉은 기, 그랜께 저 장인이 잘 봤지. 우희 이미야 볼 기 뭐 있나, 그때 하매 나 스물다섯은 됐을 낀데, 시집도 못 가고 밥을 하나 손에 물을 묻히나, 가시나 다 큰 기 감꽃이나 주우러 댕기고 오디 딴다고 뽕나무 가지나 뿔개고 저마이한테 부지깨이로 맞아가민서, 핑핑 놀다가 시집을 갔는데. 뭐가 있이야지, 할 줄을 알아야지, 그래 저 장인이 논 한 배미하고 밭 한 동가리 띠주고 농사짓고 오순도순 잘 살거라, 캤는데.

한 십 년 됐나, 아즈마이요, 물 좀 주소 하던 기 안즉 생생한데, 그때 앵두낭구에 앵두가 울매나 열렸는지, 밎 말은 땄을 기구만. 아, 불이 나서 하늘이 벌건데 우희 이미가 미친년겉이 뛰어오더만 그래, 다 싸질러라, 네가 언제 나무를 했나, 밥을 했나, 우희 아바이가 술을 먹고 울고 나무해논 기 다 타고. 작은집 봤다고 장모가 쫓아낸다 캐서. 작은집은 무슨 작은집이라. 지내가는 가시나를 구루마에 태준 기 단데. 내가 아는 거를. 다 봤지럴.

그래도 우희 아바이를 몰라? 여 근처에서는 다 아는데, 방깐서 일하다가 군에 갔지. 작은집 봤다고, 장모가 쫓아낼라 캐서. 방깐에 떡을 하러 갔는데, 아즈마이요, 절대 말하만 안 됩니더, 내놓는 기 비상이라. 자꾸 카만 다 직이고 지도 죽는다고, 무숩더구만, 그 용한 사람이 그래기도 하던걸. 어데 비름박에서 바람이 술술 들어오는 거 겉은데 내 등때기가 울매나 시리든동. 쥐생원도 구멍 봐가미 쫓아야

258

지. 본인이 암만 아이라 캐도 구름걸이 산돼지걸이 근본이 없는 사람을 누가 믿어주나, 사람이 빈했지, 하도 지랄을 한께, 구루마에 가시나 하나 태준 거 가이고. 동네가 시끄라서 방깐에서 일해준다고 나갔지. 쪼매꿈씩 꼬추도 빼주고 떡도 빼주고. 하매, 삼십 년이 됐나, 얼마라.

아, 그전 앞세 육이오 사빈이 나서, 피란을 갔는데, 가노리들이 갱빈 옆에 타작도 모한 보리밭에서 툭 티나오더이 일본말로 고마 못 넘어가구로 막아싸서 도로 집으로 왔지. 우희 장인 집이 인민위원회 집이 돼서, 그 집이 동네에서 질로 컸웅께, 그때, 동네에서. 응? 우희가 아이고 우희 아바이 처가지, 우희는 작년에 장개갔지, 참. 밤에 누가 방문을 가마이가마이 두디리길래 내다본께, 인민군이라. 아라, 귀때기가 시퍼런 기 굶어가이고 눈은 허옇기 해서 밥 좀 주시오 카길래 총부터 빼샀지. 그래 가만 너들 다 죽는데이, 옷도 주고, 우리 아 저고리하고 중우 하나하고. 수리탄이 삼태기로 하나하고 총도, 아이고, 무수바서, 밤에 못에 갖다버렸지, 모르기, 아무도 모르기. 그래, 새북에 밥을 해줌디만 고맙다고 절을 절을 수십 번을 하고 남모르기 산으로 산으로 넘어갔지. 나중에 가물이 들어서 못물이 쪼린께 거서 수리탄, 총 해서 및 가마이가 더 나왔을 기라.

우희 아바이? 군에 끌리가서 전장 끝나고 나서 휴가를 왔는데, 나한테 와서 아즈마이요, 밥 좀 주소, 물에다 밥을 말아먹고서나 기차

늦는다고 뛰갔는데. 우째 안즉 뒤통수가 보이는고. 그때 나무 조사를 나온다 캐서 생솔가지고 뭐고 다 숨캤는데 비는 추지리추지리 오고. 우희 아바이는 막 뛰가고.

옷동네 조남기를 누가 세무사에 찔러가이고 조가가 잡히갔다 캤는데 저울닉에 우째 나와서는, 술이 췌서 낫을 들고 동네 시끄럽기, 내가 생나무 비서 숨캤다고 찌른 놈 나와, 소리를 질러싸서, 내가 오리나무 비서 숨캤다고 찌른 놈 나와, 감을 감을 동네 떠나가기 질러댄께, 순사가 있나, 뭐 있나. 우희 할바이가 읍이 갔다오다가 조가 낫에 찔리가이고. 응? 외할바이지, 그러네. 딘장을 고봉밥겉이 발라서 읍내에 구루마를 타고 갔는데, 피가 나고, 아는 울고, 우희하고 동생이 있었는갑만. 한쪽 팔이 빙신이 됐지, 살아도 및 년 못 살았지만. 자장구를 타고 신작로로 오다가 떨어짌는데, 누가 알았어야지. 마실 가던 동네 사람이 업고 들어왔는데, 고마 이틀 만인가? 우희 아바이가 그거를 아나, 군에 있는 사람이. 동네 숭이 들었다고 고사를 하고. 자장구는 내삐맀지. 그때부터 성씨 집안에는 자장구 타는 사람이 없구만.

그래 할바이는 누가이고 있는데, 낫에 찔린 기 아이고 자장구에서 떨어져서, 그때 우희 아바이가 나왔구만. 집에 가이 누가 반기주기를 하나, 보는 칙을 하나. 장인 근력이 있었이만 안 그랠 낀데. 어림없지, 암만. 밤에 누구 모르기 나왔는가비라. 우에서 모르기. 아들 보고 시파서 나왔는가? 아들은 눈이 똥그란 기 자나깨나 눈에 밟히기 생깄지. 아즈마이, 아즈마이요 하민서 다시 들어오는 기라. 하이고, 애고, 우엔 일이라, 우희 아바이가 우째 왔네. 아즈마이요, 내가 문디가 되는 갑소, 내 눈썹 좀 보시오, 한 개도 없소. 무슨 소리를 캐쌓나. 나를 잡고 그래 울대. 물 말아서 딘장하고 밥을 먹고, 기차 늦는다고 뛰갔는데. 똑 오늘걸이 저물닉에.

죽을라고 캤어. 자꾸 눈에 걸리는 기. 나중에 우희 이미가 왔는데 하매 사람은 가고 없지. 역으로 가보라 캤는데, 고마, 기차를 놓치는 가비라. 고네이가 자꾸 냐옹냐옹 울고 가는 기 기분이 안 좋아서, 우물 가서 치성을 드릴라 카는데, 앵두가 우째 그리 빨갠 기 조랑조랑. 아고 어른이고 다 울고 들어오는 기. 기차가 가는데 뛰서 올라탈라 카다가 떨어져서 죽었다 카더라. 그거를 우얘만 좋겠노. 그해 앵두 낭게 앵두가 및 말은 열렸는데.

총각, 자나? 이빨 꼭 고치소. 복 나간께, 솔솔.

(시골길에서 '나'는 어느 할머니를 만난다. 할머니는 '나'의 앞이빨이 벌어진 것을 발견하고 그 사이로 복이 나가므로 고치라고 충고한다. 또 '나'와 닮은 사람이 그 동네에 살았다고 이야기한다. 우희 아비는 떠돌이로 동네에 흘러들어와 한 집안의 데릴사위가 된다. 방앗간에서 일을 하다가 전쟁중에 군대에 가는데 그곳에서 나병에 걸린다. 장인은 동네에 사는 사람에게 왼팔을 찔리는 해를 입고 몇 년 뒤 자전거에서 떨어져 사

261

망한다. 우희 아비는 어느 저녁, 탈영을 하여 집에 돌아왔으나 환영받지 못한다. 할머니에게서 물에 만 밥을 얻어먹고 부대에 돌아가기 위해 기차역으로 나간다. 그리고 달리는 기차에 올라타려다 떨어져 죽고 만다. 할머니는 '나'에게 다시 이를 고치라고 권한다.)

휴가

장군은 명령했다. 지친 병사는 쉬게 해야 한다. 배고픈 병사는 먹여야 한다. 졸린 병사는 재워야 한다. 쉬지 않고 먹지 않고 자지 않고 전쟁에 이길 수 있는 군대는 없다. 우리 군대는 쉼으로써, 먹음으로써, 잠으로써 강해진다. 장군은 명령했다. 지친 병사는 쉬어라. 배고픈 병사는 먹어라. 졸린 병사는 자라.

병사들은 그 말을 믿지 않았다. 지친 병사는 더 지치도록 일했다. 배고픈 병사는 이를 악물고 허기를 이겨냈다. 졸린 병사들은 며칠씩 밤을 새움으로써 스스로를 벌했다.

한 병사는 달랐다. 그는 트럭을 몰고 가다가 여느 때처럼 길옆에 트럭을 세우고 잠을 잤다. 마침 장군이 지나가다가 그 광경을 보았다. 장군은 부관에게 그 병사의 소속과 이름을 알아오도록 했다. 부관은 병사를 깨웠다. 병사는 부관을 보고는 하얗게 질렸다. 용서해 달라고 빌었다. 그러나 장군이 뒤에 있다는 걸 알고 체념했다.

풀이 죽어 부대에 돌아온 병사는 휴가를 가게 되었다. 장군의 명령을 충실히 실천한 유일한 병사였기 때문에.

온다

'온다'에 대해서 정확하게 아는 사람은 없다. 그것은 경찰처럼 제복을 입고 있을 수도 있다. 고양이처럼 민첩하고 은밀하게 행동할 수도 있다. 거대하고 긴 코를 가진 공룡처럼 쿵쿵거리며 와서 도시를 덮어버릴 수도 있다. 바이러스처럼 광범위하고 무차별적으로 올 수도 있겠다. 전쟁이나 재난처럼 예고 없이 올 수도 있다. 하여간 중요한 것은 '온다'는 것이다.

(내가 아는 노선생老先生은 「왔다」라는 글을 쓴 적이 있다. '왔다'의 정체를 아는 사람은 없이 도시 사람들은 시골로, 시골 사람들은 도시로 피난을 다닌다고 했다. 나는 '왔다'보다는 '온다'가 더 우리 시대에 맞는 것이라 생각한다.)

'온다'가 온다는 소문이 나면 도시는 마비된다. '온다'에 대해 기자와 통신원들은 제철을 만난 메뚜기처럼 뛰기 시작한다. 뉴욕에서, 파리에서, 서울에서, 도쿄에서 반응이 오고간다. '온다'가 온다는 것에 대한 서울 시민의 반응은 뉴욕에 중계되고 서울 시민은 '온다'는 소식을 접한 자신들의 얼굴을 뉴욕 타임스 스퀘어의 전광판에서 본다. 지방방송은 중앙방송과, 신문사는 텔레비전과, 기자는 시청자와, 시청자는 시청자 아닌 사람과, 아는 사람은 모르는 사람과 서로 '온다'에 대해 탁구공 치듯이 주고받는다. 지방자치단체는 중앙정부와 반응을 주고받고 상류층은 하류층에게서 소문을 전해듣고 중산층은 낯모르는 중산층과 함께 두려워한다. 요컨대 '온다'가 온다는 이야기는 전 세계로 퍼져나가고 다시 이야기의 진원지로 돌아와 엄청난 흥분과 반향을 불러일으킨다. '온다'가 '온다'는데 '온다'에 대해 알고 '온다', 모르고 '온다'? 이런 농담이 유행한다.

그 '온다'가 드디어 온다. 칼을 빼들고 망토를 휘날리며 미사일에 올라탔다. 방사선처럼 빠르게 온다. 불온 삐라처럼, 세금고지서처럼 온다. 걸어온다. 귀향하는 전쟁포로처럼, 거지처럼, 예언자처럼 위장하고.

'온다'가 오리라는 것은 오래된 경전 어디나 나와 있다. 거대한 별이 하늘에 뜨고 바다가 갈라지며 누룩에 곰팡이가 슬 때에. 쥐가 골목을 질주하고 고양이가 사라지며 개들이 목청 높여 달을 향해 울

때에. 술 취한 자가 길에서 얼어죽고 강물이 거슬러오를 때, 범상한 일과 비범한 사건이 연달아 벌어지는 뒤죽박죽의 시대에.

무엇이? 무엇이 온단 말이냐. 노인들은 날뛰는 아이들을 향해 묻지만 대답을 듣지 못한다. 아무도 모른다. 무엇이든 온다는 것이다. 십중팔구 재앙일 것이다. 그렇지 않고는 오지 않을 것이다. 비관론자들은 생각한다. 드디어 우리의 소망이 이루어지려나. 낙관론자들은 외친다. 사람들은 이루어지지 못할 꿈을 생각하며 가슴에 손을 얹는다.

'온다'는 우리가 일찍이 떠나보냈던 것이다. 우리의 일부였다 떨어져나간 것. '온다'를 두려워하지 말라. '온다'는 한때 우리의 무릎에서 놀던 아이에 불과했다. 우리가 떠나보낸 한 아이가 자라고 약간의 힘을 얻었으며 어리석은 자에게만 군림하는 권위를 가지고 온다. 우리가 떠나보낸 종이비행기가 비행접시가 되어 돌아오듯이. 종이배가 항공모함으로 돌아오듯.

'온다'가 '온다'의 고향으로 오고 있다. 그러나 깨달은 자는 고향에서 환영받지 못한다.

파이프

　상아로 만든 파이프는 귀한 물건이다. 내가 아는바, 이 나라 사내들은 머리에 털이 난 다음, 첫번째 생일선물로 파이프를 받는다고 한다. 그러므로 전장의 군인이나 천민 외에는 궐련을 피우지 않고 대부분 파이프로 담배를 피운다. 오래된 가문에는 대대로 전승되는 파이프가 있다.

　담배의 진이 희디흰 상아에 스며들면 처음엔 엷은 노란색을 띠다가 차츰 진노랑색이 된다. 이 노란색은 세상에 다시없는 색깔로 이 나라 사람들은 노란색을 1부터 50까지 숫자를 매겨 분류하고 있다. 상아는 처음에는 희지만 이 나라에서는 1노랑으로 친다. 눈의 흰색은 그냥 흰색일 뿐이나 상아는 다르다. 희디흰 상아는 노란색의 기미가 숨어 있다 하여 특별한 취급을 받는다.

상아 파이프로 하루에 20번 이상 담배를 피워 10년 정도 되면 파이프의 색깔이 확실히 노랗다. 이 단계를 지나 20년이 되면 이 나라 사람들이 분류하는 등급으로 10노랑 정도 된다. 50년을 여일하게 피우면 대체로 파이프의 주인이 바뀌게 된다.

어느 여객선에서 100년이 넘은 파이프를 본 적이 있는데 그것은 황금에 가까운 색깔, 그 나라 사람들이 '황제의 옷'이라고 부르는 색깔을 띠고 있었다. 그 파이프의 주인은 임종하는 부친으로부터 파이프를 받은 이후, 단 한순간도 몸에서 떼어놓지 않았다고 했다. 그 색깔은 한 가문의 위엄을 상징하고 남자의 지조를 드러내며 조상에 대한 효순孝順을 뜻한다.

그 나라의 국보는 당연히 아이 팔뚝만한 진품 50노랑 파이프인데, 1600년 전에 살았던 한 족장이 무덤에까지 가지고 간 파이프다. 그 무덤을 발굴했을 때 노랗게 변색된 이가 파이프 바로 옆에 있었다. 그이는 위대한 50노랑 파이프를 70년 이상 물었던 행복한 이로 엄중한 경비 속에 주요 도시에 하나씩 나눠졌다고 한다.

자동판매기

멈칫 선다. 그는, 주머니에서 동전을 꺼내 세어보다 결정한 듯이, 동전을 자동판매기의 구멍에 집어넣는다. 동전 떨어지는 소리가 나고 놀란 듯이 주문판에 불이 들어온다. 그의 손은 곰곰이 스스로를 어루만지다가 마침내 주문판을 누른다. 기계는 가볍게 몸을 떨다가 뜨거운 물을 아래로 쏟아낸다. 불이 꺼지자 그의 떨리는 손이 조심스럽게 다가간다. 그의 손은 컵을 집어든다. 그의 입이 소리 없이 벌어지고 코는 주의깊게 냄새를 점검한다. 그는 맛본다. 식을 때쯤 모두 마시고 눈을 굴리면서 천천히 삼킨다. 그는 고개를 젓다가 컵을 내려놓고 열쇠를 꺼낸다. 문을 열고 머리를 기계 속에 박는다. 한참 달그락거리는 동안 그의 주위는 조금씩 밝아지다가 그가 기계의 문을 닫자 금세 원래대로 어두워진다. 열쇠를 빼고 그는 기계 앞을 떠난다. 맞은편 문 앞으로 가서 밀어본다. 문은 꼼짝하지 않는다. 그는 천천히 돌아온다. 자동판매기 앞에서 그는 멈칫 선다.

그는, 주머니에서 동전을 꺼내 세어보다 결정을 내린 듯, 동전을 자동판매기의 구멍에 집어넣는다. 동전 떨어지는 소리가 나고 주문판에 불이 들어온다. 그의 손은 곰곰이 스스로를 어루만지다가 주문판을 누른다. 기계는 가볍게 몸을 떨다가 뜨거운 물을 아래로 쏟아낸다. 불이 꺼지자 그의 떨리는 손이 조심스럽게 다가간다. 그의 손은 컵을 집어든다. 그의 입이 소리 없이 벌어지고 코는 주의깊게 냄새를 점검한다. 그는 맛본다. 식을 때쯤 모두 마시고 눈을 굴리면서 천천히 삼킨다. 그는 고개를 젓다가 컵을 내려놓고 열쇠를 꺼낸다. 문을 열고 머리를 기계 속에 박는다. 한참 달그락거리는 동안 그의 주위는 조금씩 밝아지고 그가 기계의 문을 닫자 금세 원래대로 어두워진다. 열쇠를 빼고 그는 기계 앞을 떠난다.

문은 잠겨 있다. 잠겨 있었다. 하얀 벽 사이 네모진 문, 그는 손잡이를 노려본다. 그리고 귀를 기울인다. 예고 없이 불이 꺼진다. 그는 쭈그리고 앉는다. 무릎을 끌어안고 머리를 수그린다. 이제 그는 잠든다. 누군가 열쇠 구멍에 열쇠를 집어넣어줄 때까지. 이따금 사람이 잠결에 뒤척이는 것처럼 가볍게 웅웅거리는 소리가 난다.

희고 딱딱한 벽, 사각의 날카로운 모서리, 닫힌 문, 자동판매기.

가계

그녀의 나이 백 세. 생일을 맞아 백스물네번째 자손을 안고 기념 사진을 찍었다. 그녀의 자손들은 누구 하나 잘못되지 않았다. 아홉 남매를 낳았는데 그 아이들이 세상에 나와 자라는 동안 일제의 강압 통치, 징용과 징병, 해방, 6·25전쟁이 연이어 지나갔다. 징용에 두 아들이 나갔으나 모두 무사히 돌아왔다. 다친 곳 하나 없이 돌아온 둘째아들이 마루에 쓰러져 "어머니, 배고팠습니다" 했다고 그녀는 회상한다.

전쟁에는 네 아들이 출전했다. 한 사람은 장교였다. 전쟁 막바지에 이르러 그는 꿈에 어머니를 보았다. 그다음날 정강이에 총을 맞아 후송됐는데 전장에 남겨졌던 그의 소대는 전멸했다. 그의 정강이에는 아직 총알이 박혀 있다. 그건 자랑거리가 되었으면 되었지 큰 불편을 주지는 않았다.

손자들은 기아와 가난, 생존에 관한 문제라면 전쟁과 다름없는 환경에 태어났다. 그때 그녀의 자손은 사십을 헤아렸는데 모두 손가락 하나 잃지 않고 그 시기를 벗어났다. 월남전에 참전한 손자는 여섯이었다. 역시 무사히 돌아왔다. 가장 큰 부상을 입은 손자는 복부관통상을 입었다. 그러나 그 손자는 손가락이나 발가락이 잘려나간 경상자들과 달리 불구가 되지 않고 살아남았다. 그 무렵 그녀는 남편과 사별했다.

손자들이 성가해 증손을 낳았는데 그녀가 아흔 살이 되던 해에 백번째 자손을 보았다. 그녀는 아직 아들들은 물론 그 아랫대의 자손 이름과 얼굴을 모두 기억하고 있다. 증손들에 이르러서는 각 집안의 맏이만 외우기로 했다고 한다. 아직 그녀의 자손 가운데 그녀보다 먼저 세상을 뜬 이가 없다는 것도 자랑이다.

그녀의 자손이 모두 무사한 이유에 대해 풍수지리를 들먹이는 사람도 있다. 묏자리가 명당이라는 것이다. 그녀의 관상이 부귀다남할 상이며 사주팔자와 손금이 자손을 흥왕케 했다고도 한다. 단순히 운이 좋았다고 하는 사람도 있다. 그러나 그녀는 이렇게 말한다.

"내가 낳은 아이들을 무사히 키운 것은 명당이나 관상이나 사

273

주팔자나 운인지도 몰라. 그다음부터는 아니야. 아이들이 내가 아이를 잘 키우는 여자로 믿었기 때문이지. 그 아이들이 믿고 싶은 대로."

할머니의 뜰

일찍 홀몸이 되신 셋째할머니의 조용한 뜰에 대해 말하려고 한다. 펌프 옆에 보라색 수국 꽃잎이 가까이 뻗쳐 있는 뜰.

수국(꽃말은 성냄, 변덕. 이하 괄호 안은 꽃말) 옆에 붉고 노란 채송화(가련, 순진)가 띠를 이루면서 피어 있다. 봉숭아(나를 다치지 말아줘, 정결)는 채송화를 내려다보면서 나란히 핀다. 봉숭아를 내려다보는 것은 목이 긴 칸나(행복한 종말, 존경). 그다음에는 금잔디의 소로이다. 연한 녹색 실이 촘촘히 얽힌 듯한 잔디 중간에 작은 길이 나 있다.

토란이 서 있다. 토란은 그늘이 커서 음지식물을 살게 한다. 지금은 그 그늘 아래 음지식물이 없다. 음지식물과 같은 물이 고여 있을 뿐이다. 그 곁에 황매화(날 기다려줘)가 피어 있다. 분꽃(수줍음, 소심, 겁쟁이)과 글라디올러스(굳은 마음)도. 담보다 키가 큰 박태기나무는 4월쯤 잎사귀도 나기 전에 자홍색 꽃이 가지가 비좁도록 빽빽하게 피는데 지금은 잎사귀만 남았다.

희고 얌전한 꽃은 옥잠화(침착, 조용한 사람). 그건 셋째할머니가 40년 동안 다니고 있는 성당의 성모 마리아에게 바쳐지는 꽃이다. 영산홍(첫사랑)은 아주 빨갛거나 분홍빛 꽃을 피우는데 올해에는 빨간색이 많다. 분홍빛의 작약(수줍음, 수치), 국화(성실, 정조, 고귀, 진실)와 패랭이꽃(순애, 조심, 대담)이 한쪽에 모여 있다.

뒤꼍에는 크고 거센 씨앗을 맺는 나리(순결, 깨끗한 마음)가 있다. 노란색 꽃이 핀다. 들국화(장애물, 상쾌)도 해바라기(동경, 숭배)도 있다. 배추꽃(쾌활), 들깨(정겨움), 호박꽃(해독), 도라지(기품, 따뜻한 애정). 단옷날 머리에 꽂는 창포(경의, 신비한 사람), 옥수수(재물, 보물)까지.

이 어찌 볼만하지 않은가. 이 어찌 볼만하지 않을쏜가.

이름 모르는 꽃이 둘 있다. 하나는 셋째할머니가 10여 년 전 프랑스 신부에게서 얻어온 꽃이다. 뜰의 꽃이 이처럼 다종다양하므로 겨울을 빼고는 내내 어느 꽃이든 한두 가지 이상은 피게 마련인데 그래도 어느 때는 그 많은 꽃이 한 송이도 피지 않고 일제히 침묵할 때가 있다. 이 이름 모를 꽃은 그때를 맞추기라도 하듯 넓은 꽃잎을 활

276

짝 펼쳐 며칠을 혼자 피었다가 다른 꽃이 핀 다음에도 한 달을 거듭 핀다. 이름 모르는 꽃 또하나는 별 모양의 작은 꽃이 셀 수 없이 많이, 목이 무겁게 매달린다.

이 어찌 기이하지 않은가. 이 어찌 기이하지 않을쏜가.

할머니는 그렇게 사셨다. 아침마다 물 뿌려 가꾸셨다. 셋째할머니, 일찍 홀몸이 되신 그분의 뜰.

여행자

사과벌레, 그의 고향은 한 그루의 사과나무였다. 고향은 사람이 태어난 곳을 말하는 것이니 벌레에게 무슨 고향이 있단 말인가, 라고 물을 이를 위해 말해둔다. 이 벌레는 글을 모른다. 고향이라는 말도. 그러나 그에게 고향의 의미는 고향이라는 말을 아는 어떤 존재보다도 크다.

좌우간 벌레는 사과나무의 수많은 잎사귀 가운데 하나, 그 잎사귀 뒤, 깔쭉깔쭉하게 솜털이 나고 그늘이 져서 남의 눈에 덜 띄는 장소, 벌레집을 짓기 좋은 곳에서 태어났다. 눈을 뜨자마자 그는 벌레집을 버리고 잎사귀의 뒷면을 기기 시작한다. 잎사귀의 수십 분의 일밖에 안 되는 몸은 작고 튼튼한 다리로 천천히 움직여 가장자리로 다가

간다.

놀랍게도 알에서 부화하자마자 이동하기 시작하는 것이다. 그가 인간의 말을 안다면 계곡과 숲이라 불릴 잎사귀의 줄기, 이슬, 뚫리고 헐린 평면을 기어 잎사귀와 나무가 만나는 줄기에 도달한다. 아득한 구름다리와도 같은 이곳을 바람에 흔들리며 용케 건넌다. 달콤한 이산화탄소의 냄새를 풍기는 잎사귀의 세계를 벗어나면서 그는 생애 처음으로 비에 젖는다. 그리고 곧 가는 줄기에 올라타고 그곳을 통과하면서 사춘기를 맞는다.

그는 사과나무에서 태어났다. 그 나무는 대기 온도가 25도 이상으로 상승할 때 달고 작고 조금 시면서 푸른 열매를 맺는다. 그런 열매를 맺는 나무가 흔한 것은 아니다. 그 나무에서 태어나는 존재 역시 흔하지 않다. 그런데도 그는, 그의 형제들은 일단 고향을 떠나고 본다. 기를 쓰고 일생의 3분의 1에 해당하는 시간을 소비하여 나무를 기어내려간다. 물론 이 여행이 아무 소득이 없는 것은 아니다. 사과나무에 대해, 사과나무가 열매를 맺는 방식에 대해, 냄새와 바람의 방향까지 완벽하게 배우고 깨우친다. 잎사귀 뒤에서 나무의 둥치까지 기어내려오는 여행은 수업인 동시에 자아 확립, 생의 목표에 대한 검증, 성숙하는 기간인 것이다.

둥치에서 땅으로 내려온 그는 땅바닥을 기어가기 시작한다. 대기 온도가 25도 이상으로 상승할 때 달고 작고 조금 시면서 푸른 열매를 맺는 또다른 사과나무를 향하여. 그가 사과나무를 만날지는 알 수 없다. 사과나무가 흔한 것은 아니니까. 어쨌든 그늘과 햇볕, 그를 노리는 사나운 동물과 존재를 무로 되돌리려는 사건이 어슬렁거리는 벌판을 기어간다.

가능성이 얼마든 간에 일단 그가 또다른 사과나무를 만난다고 하자. 그는 자신이 떠난 사과나무 쪽을 돌아볼 것이다. 자신의 행운에 대해 감사하는 것은 당연하다. 그리고 있는 힘을 다해 나무를 오른다. 줄기를 타고 잎사귀에 도달하기까지 기나긴 여행이 시작된다. 그는 직립한 나무를 기어오른 적이 없다. 그럼에도 놀라운 인내력과 끈기로 나무로, 줄기로, 잎으로 가서 마침내 잎사귀의 뒷면, 자신의 고향과 닮은 장소에 도착한다. 그는 마지막으로 적당한 잎사귀를 찾아 잎사귀 뒤에 자손을 위해 벌레집을 짓는다.

이 벌레는 태어나면 다리로만 세상을 인식한다. 나무가 수직으로 서 있으면 수직으로 기고 수평으로 가지를 뻗었으면 수평으로 긴다. 수평이거나 수직이거나 벌레에게는 긴다는 점에서는 다를 게 없다. 이것을 2차원적 생존이라고 부를 수 있겠다. 그 벌레를 지켜보면서 박수 치고 웃는 존재가 3차원의 인간이다.

왜 그는 떠나는가. 그저 누워 있다가 고향 근처의 다른 잎사귀를 찾으면 되지 않는가 물을지도 모르겠다. 나는 답을 모른다. 그저 고향을 떠나 불확실하고 어려운 길을 재촉하는 작은 존재들을 땅 위에서 볼 때마다 자세히 보려고 고개를 숙일 뿐이다.

     ……누군가 떠났기에 한 그루 사과나무가 다른 사과나무에서 오
는 새로운 여행자를 받아들이지 않는가.

우주의 끝

한 사내가 오랜 연구 끝에 우주의 끝에 관해 다음과 같은 결론에 이르렀다.

우주의 끝에는 팻말이 있다.

여기는 우주의 끝.
이제 집으로 돌아가시오.

이 프로그램은 유효하지 않은 명령을 실행함으로써 시스템의 무결성無缺性을 위반했으므로 종결될 것입니다. 이제까지 했던 작업의 정보는 사라집니다. 시스템을 재시동하겠습니다. 동의합니까?

응.

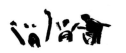

작가의 말

첫번째

내가 평소에는 수면제 대용으로 쓰고 급할 때는 인용 내지 과시의 전거典據로 쓰기도 하는 옛사람의 글모음집(『고문진보古文眞寶』)에는 글을 시詩와 문文으로 분류하고 있다. 시의 종류에는 권학문勸學文, 오언고풍五言古風 단편·장편短篇·長篇, 칠언고풍七言古風 단편·장편, 장단구長短句, 가歌, 행行, 음吟, 인引, 곡曲이 있다. 문에는 사·부·설·해·서·기·잠·명·문·송·전·비·변·표·원·논·서辭·賦·說·解·序·記·箴·銘·文·頌·傳·碑·辯·表·原·論·書 등등이 있다고 해놓았다. 장편, 단편은 오늘날 소설을 분류할 때 쓰는 말이고 부나 사는 시로써 읽어온 것이 적지 않아 나는 조금 어리둥절했다. 그래서 이 책을 읽다 잠이 들면 꿈속에서 더러 장르에 대해 또다른 나와 논쟁을 벌이기도 했다.

1986년에 나는 시를 쓰는 사람이 되었다. 내가 시를 쓰기 시작할 무렵은 시가 노래가 아니고 암호나 실험, 해체의 대상으로 쓰이고 있었다. 나도 물론 그렇게 썼고 어떻게 하면 남이 알아볼 수 없는 신호를 만들까에 대해 제법 고민도 했다. 왜 내 시는 노래가 못 되는가, 옛사람의 시를 읽으면서 잠시 생각하기는 했지만 그건 고민거리도 못 되었다. 그런데 1994년 여름에는 노래가 아닌, 무슨 말인지 나도 모를 시를 도저히 더 참을 수 없게 되었다. 날이 워낙 더워서 그랬는지도 모른다.

그것 때문에 문文을 쓰려고 했다. 내게 들어 있는 산문, 산문성을 모조리 토해내면 시만 남지 않겠는가 하는 게 나의 생각이었다. 막상 산문을 쓰면서 그 생각이 참 순진하고 어리석었다고 느끼지 않을 수 없었다. 날이면 날마다 더워지는 날씨 때문에 더욱더 그런 생각이 들었는지도 모르겠다. 산문에도 노래가 들어 있고 춤이 있고 시가 있고 더구나 산문까지 있는 것이다. 시에도 산문이 있고 소설이 있고 티끌이 있고 만유가 있다. 만유에는 만유가 있다!

시를 뼈라고 하고 산문을 살이라고 한다면 '뼈와 살 사이'에는 무엇이 있는가. 최소한 조사 '와'가 있다. 뼈이면서 물렁한 것(가령 물렁뼈), 살이면서 때에 따라 딱딱해지는 것이 있다. 뼈라고 부를까, 살이라고 부를까.

나아가 우리의 육체를 뼈와 살로 나눌 수도 있겠고 세상을 그렇게 나눌 수도 있고 하다못해 우리의 희로애락도 세분하여 뼈나 살에 비유할 수 있겠다. 하여간 수박 쪼개듯 안과 밖, 뼈와 살, 흑과 백, 시와 문으로 나누는 것이 항상 올바른 건 아니라고 생각하게 됐다. 쓰면서, 쓰고 나서, 지금도. 나는 나 말고도 그런 생각을 한 사람이 없었는가 찾아보았다. 그 이름들은 이 책 어딘가에 적혀 있다.

하여간 한여름을 지나고 나니 책 한 권 분량의 원고가 나왔는데 여러 사람이 덤벼들어 읽어주고 잔소리를 해주었다. 잔소리를 반영해서 좀 선선해진 날씨 속에서 고쳤으니 그 결과가 이 한 권의 책이다.

나는 여기에 들어 있는 글들을 대체로 즐겁게 썼다. 그 즐거움이 부끄럽지 않았다. 가끔 추억에 빠지기도 했는데 그것이 슬프기도 하고 대견스럽기도 했다. 거리낌은 없었다. 독자들도 즐겁게, 거리낌 없이 읽어주었으면 한다.

1994년 초겨울

두번째

처음 이 책에 들어간 글을 쓸 때는 내가 장차 소설가가 될 거라는 생각을 하지 못했다. 지금도 어리둥절할 때가 있다. 꿈인가 하고 놀다보니 소식이 온 것처럼.

점점 무거워지는 내 존재와 달리 이 소설은 점점 경제적으로 변해가는 것 같다. 내가 더이상 무거워지고 싶지 않은 것처럼 이 소설도 더이상 가벼워지지 않기를 바란다. 소설은 언제까지고 지상에 주소를 가지고 있기 때문이다. 아직 이 책 속 어딘가에 어처구니들이 살고 있다는 것으로 위로를 삼는다. 두 세기에 걸쳐서 책을 낼 수 있다는 것, 복덕이며 은혜이다. 고맙다. 소설을 낳고 기르며 함께 살아가는 모든 이들이.

2006년 여름에서 2017년 여름 사이
성석제

그곳에는
어처구니들이 산다
©성석제 2017

초판 인쇄 2017년 6월 8일
초판 발행 2017년 6월 15일

지은이 성석제
펴낸이 염현숙
책임편집 이연실 | 편집 고지안
디자인 김이정 | 마케팅 정민호 박보람 이동엽
홍보 김희숙 김상만 이천희
제작 강신은 김동욱 임현식 | 제작처 영신사

펴낸곳 (주)문학동네
출판등록 1993년 10월 22일 제406-2003-000045호
주소 10881 경기도 파주시 회동길 210
전자우편 editor@munhak.com | 대표전화 031) 955-8888 | 팩스 031) 955-8855
문의전화 031) 955-3576(마케팅) 031) 955-2651(편집)
문학동네카페 http://cafe.naver.com/mhdn | 트위터 @munhakdongne

ISBN 978-89-546-4495-2 03810

www.munhak.com